LA PEAU DURE

ÉLISABETH QUIN

La Peau dure

ROMAN

BERNARD GRASSET

1

« Mon maître me mène du dedans. »

Attila JOSZEF.

A la fin du siècle dernier, je demandais en mariage l'homme que j'étais en train de chevaucher. Je connaissais Gustave depuis peu, j'avais besoin de lui comme de mon propre sang, et je ne savais pas encore que je lui voulais du mal.

Un an plus tard, Gustave en eut assez que je le tue à petit feu, et que je l'attache à un piquet face à un bol et une écuelle fraîchement remplis tous les matins tandis que j'allais augmenter mon plaisir de-ci, de-là, le cœur inquiet, et les pattes arrière exténuées par ce va-et-vient entre piquet et proies.

Car je ne me sentais bien qu'à trois.
Ni bonne ni méchante, j'étais avant tout une vieille enfant au Bois dormant qui attendait depuis des siècles *le* baiser désarmant.

Ma revendication était simple : être matée, terrassée par un maître indiscutable.

Je voulais être prise, trembler de joie aux pieds de mon seigneur et ne plus jamais souhaiter d'autre place.

Faute de quoi je continuerais à faire tourner les hommes au-dessus de mon doigt et à leur couper les couilles.

Pour en revenir à Gustave, il ressuscita d'entre les éventrés et m'administra un formidable coup.

Je n'avais pas fini de déguster.

2

C'était à Paris, en septembre, sur la ligne Blanche-Etoile.

Je prenais le métro tous les matins à heure fixe pour rejoindre mon bureau dans le VIIIe arrondissement. Je n'avais pas le permis de conduire, et on avait volé mon scooter.

Je m'en fichais car j'adorais cette ligne, qui fend Paris en deux comme une mangue.

Il était 9 heures et demie, la rame était presque vide, j'étais assise au fond du wagon, dans le sens de la marche et je finissais *Gilles* de Drieu la Rochelle.

Chatouillée par je ne sais quoi, je levai mécaniquement les yeux et vis Aurélien.

L'*Aurélien* d'Aragon dans de belles mains de pianiste.

On disait que Drieu avait inspiré ce personnage amoureux malgré lui de Bérénice…

Il y eut un léger sourire en face.

Et un sourire en retour.

Monceau.

Il y eut un regard en face.

De nouveau, un regard appuyé en retour.

Courcelles. Trois soldats bruyants montèrent dans le wagon.

Nos sourires se dirent qu'ils étaient émus de la coïncidence ; Gilles et Adrien eux aussi avaient été sous les drapeaux.

Et puis les mains de pianiste et le corps attaché à leurs extrémités se levèrent et s'éclipsèrent à la station Ternes.

J'avais eu le temps d'arracher un profil au nez rond, un bon regard mordoré d'épagneul (je fus traversée par la vision fugace du chien adoré de mon grand-père maternel, Caïus, sautillant autour de moi), un visage intelligent. Pas beau, mais bien mieux : présent.

De loin en loin au cours de la journée je repensais à cette douce commotion, regrettais de ne pas avoir bondi derrière le type pour attraper son menton et boire sa bouche mais me forçais à ne plus y penser. J'écoutais en boucle *Perfect Day* de Lou Reed

> *It's just a perfect day*
> *drink sangria in the park*
> *and then later when it gets dark*

we go home
Just a perfect day
feed animals in the zoo
then later a movie too
and then home

regardais par la fenêtre les passants se hâter sous la pluie, l'échine luisante des voitures filer vers la lumière des restaurants et des théâtres, puis je me suis dit qu'à rester ainsi figée dans mon attitude favorite d'enfant, l'enfant cachée dans le noir, nez contre la vitre, qui boit pendant des heures la vie trépidante de ses voisins d'en face s'encadrant dans leur fenêtre, la fillette sournoise qui se gorge de la vie des autres, je n'étais décidément toujours pas née, toujours pas sortie du ventre tiède et obscur.

J'ai caressé mon chat Johnny qui venait d'estourbir une mouche, j'ai gagné un interminable bras de fer avec une cigarette, et je me suis détendue dans un bain avec *Le papou d'Amsterdam*.

Le lendemain matin, il était assis à la même place. Nous nous sommes fixés sans nous adresser la parole.

Ses mains avaient des taches de rousseur. J'eus du mal à retenir un fantasme au cours duquel «Aurélien» troussait prestement ma jupe, se suçait les doigts, effleurait très lentement mes seins, s'agenouillait et embrassait mon sexe, tandis que je me cambrais comme une gymnaste roumaine.

Ah zut.

Charles de Gaulle-Etoile. Descente à droite, les jambes liquoreuses.

Le surlendemain, il tenait devant lui *Professeur de désir* de Philip Roth, l'air un peu mariolle, assez irrésistible.

J'éclatai de rire et descendis en trombe parce que je me trouvais moche ce matin-là. «Merde merde merde Je crois qu'il me plaît Je ne le reverrai jamais.»

Le soir même je faisais provision de bouquins dans une librairie du haut de la rue des Martyrs : *La reine des pommes, Ailleurs peut-être, le sommeil agité, Naissance d'une passion, Des journées entières dans les arbres.*

Un rébus coquin pour continuer à jouer aux devinettes au cas où le hasard nous remettrait face à face. Je n'y croyais pas une seconde. Je ne croyais en rien, je me foutais de tout, sauf de mon petit confort, je n'avais aucune ambition.

Le bonheur? un mot exotique, comme «chébéchiflénou». Je vivais comme un hamster, emmagasinant objets, tableaux et sensations. Il m'arrivait de rêver à une vie étroite en pavillon-jardinet dans la banlieue d'Albertville (je cultiverais tomates et laitues, irais chercher la Banette en pantoufles, je croirais en Dieu) mais je finissais immanquablement par séjourner dans les plus beaux hôtels du monde. Invitée. J'étais une affreuse jojotte de 35 ans, insatisfaite mais pas mécontente d'elle-même. J'avais la peau mate, le cœur traversé de courants d'air, un fiancé moderne qui vivait chez lui, me baisait sauvagement et m'appréciait distraitement (juste retour des choses puisque mon chat lui était plus attaché que moi). J'étais sentimentale et inentamable.

Le lundi suivant, une femme aux yeux rougis occupait la place de l'inconnu dans le métro.

Sa place?

Il fut absent pendant trois jours et réapparut le vendredi, alors que j'envisageais de passer une petite annonce dans le seul quotidien qui avait pitié des cœurs perdus. «Métropolitaine désire s'épancher à l'oreille d'Aurélien». (Affligeant. Rien à perdre.)

Comme si un bon génie compatissant avait frotté une lampe magique, l'inconnu monta dans ma rame à la station Place de Clichy.

Toujours sans un mot je lui offris *Le supplice des week-ends* sous le regard méprisant d'une grappe de lycéennes perchées sur d'immondes croquenots à semelles compensées, alors qu'il me glissait avec un à-propos involontaire *Les îles enchantées* d'Herman Melville.

En bonne petite prétentieuse, je lus «il, enchanté» tout en repérant l'enveloppe qui dépassait du livre. Elle ne contenait qu'un mot : «terriblement», et un numéro de téléphone. Je descendis à toute allure à la station suivante. Je me trouvais pourtant moins moche que le premier matin.

Mais j'étais en nage.

Vingt-quatre heures plus tard j'appelais ce garçon après avoir tournicoté autour de l'appareil pendant d'interminables minutes, et notre banal échange fut comme une aube caressant une colline. «Bonjour, je suis votre vis-à-vis…

— Bonjour, je m'appelle Gustave.

— Vous êtes bien celui qui s'assoit en face de la fille un peu chinoise?

— Si c'est elle, alors c'est moi…»

Les mots commencèrent à nager, à danser sans effort, et les silences s'ébrouèrent avec des grelots rieurs.

Je retrouvai Gustave le lendemain soir au bar de l'hôtel Regina, à côté des Tuileries. Il s'est avancé à la vitesse de 12 images/seconde, un prodigieux sourire aux lèvres. J'ai quitté sa bouche à regret, le temps de vérifier qu'il ne portait ni alliance, ni tatouage, ni gourmette, ni chaussettes blanches. Costume de velours côtelé, chemise à rayures bayadère, Clarks noires — les mêmes que Bruno Quiliquini, mon premier amoureux qui me préféra très vite sa jument de concours et brisa mon cœur le jour de mes 13 ans. Cigarette à la main. Il me fit penser à Elliott Gould dans *Le privé* d'Altman. Le genre à partir sauver un ami au Mexique après avoir cuisiné des gâteaux rigolards au shit pour sa voisine. Il tombait du ciel.

On a commandé des vodkas-tonic, snobé les amandes. Je ne voulais plus descendre de la rame. Ma peau était sèche, prête à s'enflammer.

On est montés, chambre 233, je l'ai vu s'avancer vers moi, les mains posées en coquille sur son sexe.

Quand je l'ai embrassé, sa peau avait l'odeur d'un bol de lait chaud commençant à cailler.

Nous avons fait l'amour une première fois au ralenti, enfouis l'un dans l'autre, puis à nouveau, lumière rallumée, les yeux dans les yeux.

La félicité nous broyait. J'étais toute en velours.

Il m'a chuchoté un peu plus tard « Oh non, je suis parti… » en fronçant drôlement les sourcils. J'ai caressé ses fesses de cycliste « Tu reviendras… ». Le contraire n'était pas concevable.

Un mois plus tard nous roulions sur une route départementale de Martinique pour déjeuner à la Datcha, un estaminet de plage réputé pour son vivier de crustacés, sa sono laissant échapper comme à regret le zouk le plus moelleux du monde, et son horizon de sable noir.

On s'enfonça dans les terres pour atteindre une vieille habitation transformée en maison d'hôtes non loin de Rivière-Caleçon et Morne-Derrière. Il y eut des gloussements à hauteur des poteaux indicateurs.

On riait, on reprenait notre souffle et on riait encore. A Paris, on nous avait lancé des regards torves. Le bonheur énerve. Il ne durerait pas. « Le bonheur ne tient pas la route », comme disait un scénariste ombrageux des années 60 dont je ne retrouvais pas le nom. « On » pouvait se rassurer.

3

«Palmes ! et la douceur
d'une vieillesse de racines… ! »

SAINT-JOHN PERSE.

Gustave Jourdain était le dernier descendant mâle d'une famille de planteurs blancs qui amassa une jolie fortune au début du XIXe siècle grâce à la canne à sucre avant de se lancer en 1915 dans la production du rhum agricole, le fameux rhum des poilus.

Rétif à toute notion de transmission, le père de Gu avait entrepris de dilapider son patrimoine sur toutes les tables de black-jack du monde et finit par s'installer aux Açores où il étudiait depuis 15 ans les relations rythmiques entre les ondes émises par les cachalots et les sons immémoriaux des percussions utilisées par certains musiciens et griots d'Afrique noire. La publication d'une thèse ne semblait pas prévue dans l'immédiat. Gustave voyait son père une fois tous les deux ans ; il l'avait surnommé un peu tristement le Brando des Caraïbes.

Sa mère était morte des suites d'une dengue hémorragique mal soignée, en 74, le même jour que Pompidou. Depuis, il votait à gauche.

Le goût du rhum gravé dans l'ADN familial était peut-être à l'origine de sa voix sensuelle, poncée et polie aux 55 degrés. Son esprit de contradiction le portait à boire en quantités impressionnantes vodka et whisky pour marquer une distance vis-à-vis de son histoire îlienne et souligner son appartenance au monde métropolitain.

Sa famille possédait encore une grosse distillerie, que faisait tourner le frère de Marlon, des champs de bananes, et surtout un trésor : un îlet au sud-est de la Martinique où nous nous sommes bercés pendant une semaine.

Je voulais frénétiquement lâcher prise et m'abandonner ; j'ai vite aimé Gu comme un frère, un meilleur ami, un amant angoissé et généreux, un admirable conteur, un ambianceur. Pas tout à fait comme un homme. J'avais trouvé mon âme sœur. Une meilleure amie avec un pénis. Le rêve, croyais-je sincèrement.

Nous avons découvert que nous partagions une sensation d'inadéquation ; Gu était un orphelin poussé sous les liquidambars des tropiques et rempoté dans le terreau anémique du XVIIe arrondissement, Blanc chez les Noirs, nanti chez les pauvres, puis plouc chez les Parisiens au nez froncé ; moi, je regardais mes congénères à travers une vitre Securit, et je m'agitais pour qu'ils me remarquent. Nous nous étions trouvés.

Au fil des jours, le solennel Gustave devint Gu.

(Il me reprocha par la suite cette ablation, « encore une preuve de ta volonté de me diminuer par tous les moyens ». Je le trouvais de mauvaise foi.)

Il m'arrivait de guetter notre reflet sur le miroir de la chambre et de déplorer qu'il n'y ait personne sur l'îlet pour nous envier car nous étions beaux et lustrés par la joie.

Kinky reggae de Bob Marley inspira nos « kinky » explorations mutuelles. Nous restions incrustés l'un dans l'autre de longues heures. Sa bouche faisait éclore des anémones de mer dans mon ventre.

Nous rivalisions avec les langoustes pour griller pile et face, et manifestions la même activité neurale que nos voisins, les crabes de sable.

Le troisième soir, alors que je me penchais sur Gustave pour lui adresser un chaleureux « bonjour par le bas » comme on dit dans les îles

Sous-le-Vent, je lui demandai soudain sa main. « Si tu n'as rien de mieux à faire dans les prochaines années, tu n'épouserais pas par hasard une brave fille pas très sexuelle ni très amoureuse de toi ? »

Au moment où je m'entendis, j'eus envie de me gifler mais Gustave avait déjà proféré un « oui, oh… oui » qui englobait la volupté, la promesse de ses infinies réitérations, et le bonheur d'une connivence que ni lui ni moi n'avions expérimentés aussi puissamment à ce jour. Conspiraient aussi la mer violette, la rognure d'ongle phosphorescente qui palpitait au-dessus de nos têtes et Prince feulant :

« Old friends 4 sale. »

J'ai trompé Gustave une semaine après notre retour à Paris. Avec un ancien amant que je n'aimais plus, mais il s'agissait de vérifier que l'emprise sur ledit soupirant était intacte, et que tout était sous un absolu contrôle : le mien.

Mentir et tromper étaient ma seconde nature, et peut-être ma vraie nature. Bien plus tard, lors d'une nuit où j'échappais à la gégène au prix d'aveux complets, Gustave me jeta à la tête avec un ricanement mauvais la parabole du scorpion et de la grenouille en me demandant de deviner qui était cette saloperie de scorpion.

J'ai crânement élucubré sur la symbolique de la grenouille dans les contes de fées et la situation inédite d'un héros impuissant à la merci d'un être suicidaire.

Je lui ai rappelé que nous avions revu ensemble *Mister Arkadin* d'Orson Welles, et que nous nous étions regardés en souriant à la 27ᵉ minute lorsque le narrateur conclut «*I can't help it, it's my character*».

Alors que j'avais envie de hurler à Gu :
«Tu ne vois pas que c'est intenable cette souffrance en moi? Je t'en prie Arrache-moi de mon corps Tue ce qui me tue Délivre-moi du mal qui me pousse à haïr à critiquer à tromper à détruire à humilier à vouloir rester la seule debout La seule victorieuse sur Qui sur Quoi Mon Dieu Dressée bien dure au milieu d'une terre calcinée que j'aurai agonie de flammes avec ma gueule démesurée à l'image de celle d'un monstre Ma gueule de dragon comme on dit d'une virago c'est un dragon Ma gueule pourrie maudite.»

Gustave n'apprit qu'à la toute fin, avec le reste, la coucherie consécutive au premier séjour caraïbe.

4

« Y a-t-il une vie avant la mort ? »

Stephen VIZINCZEY.

Nous nous sommes mariés le 21 décembre 2000, trois mois après notre rencontre, en présence de nos amis communs qui sympathisèrent tout de suite et baignèrent eux aussi dans cette euphorie qui enrobait instantanément tous ceux qui passaient à portée de notre orbite.

Cet état de grâce que Gu qualifierait plus tard d'hypnose collective, et quand il n'aurait plus d'humour, d'imposture écœurante, dura dix mois.

Je tenais beaucoup à la publication des bans. Pas pour des raisons de convenances mais pour figurer parmi les avis de naissance et de décès dont je collectionnais les plus émouvants.

Ma lecture quotidienne du *Monde*, de *Libération* et du *Figaro* démarrait toujours par les Carnets. Je n'étais ni de gauche, ni de droite, mais plutôt d'en dessous, ou d'au-delà, captivée par ces raccourcis impitoyables de nos vies frénétiques.

Mes *people* étaient du genre mort.

« Qui se souviendra de moi, me disais-je, qui me pleurera, au point de dépenser 141 francs T.T.C. la ligne ? »

Tous unis vers l'uniforme terminal, le linceul qui n'a pas de poche, le papier journal déchiqueté par les crocs de la benne à ordures.

Je chérissais particulièrement l'avis concernant Julius W. décédé le 1ᵉʳ janvier 2000 à Malmö, à l'âge de 101 ans. Ses deux fils avaient convoqué Homère et Constantin Cavafy pour saluer l'endurance de leur vénérable père. Et le vers « Heureux qui comme Ulysse a fait un long voyage » résonnait, au regard du périple de Julius, d'une façon lumineuse et douce.

Je repenserais plus tard à Julius W. et au vieil Homère en me réveillant seule, face à la mer, sur l'île de Santorin.

Le Père Paul B. de La Grave, mort à 78 ans, eut Bernanos pour compagnon de passage : « Quand j'entrerai chez Dieu, c'est l'enfant que je fus qui me prendra par la main »; il ne quittait pas la poche de mon agenda, non plus que Claude T. mort accidentellement à 37 ans en montagne, au mois d'août; je sentais la chaleur du soleil caresser les avant-bras du marcheur, je voyais les myosotis, le ruisseau, les neiges éternelles, et le précipice où Claude T. était tombé la tête la première.

Une jeune femme le pleurait à l'aide d'une phrase exhumée d'un roman américain de l'après-guerre : « Tourne, roue magique. Ramène-moi celui que j'aime. »

Mais l'avis, la vie qui me tordait le cœur, concernait un petit garçon, Quentin S., 11 ans, mort[1] le jour des enfants, un mercredi de mai, joli mois de merde.

Jeune Quentin, quel âge avait ta mère lorsqu'elle te mit au monde, lova ton corps fripé et rougeaud dans ses bras radieux (les bébés sont un peu repoussants les premières heures mais tu sais que cet amour-là ne s'arrête pas à l'apparence ; quand tu as commencé à perdre tous tes cheveux, ils t'ont aimé encore plus fort), et te murmura des merveilles, les yeux dans les yeux, sans imaginer

---

1. Je suis sûre que Quentin fit rire tout le service aux Enfants malades de Necker en racontant de sa voix fluette l'histoire des deux sangliers qui se promènent en forêt et rencontrent un cochon. Le premier sanglier donne un coup de coude à son pote et lui dit : « T'as vu, il doit être sous chimiothérapie ! ! ! »

un instant l'horreur de mourir après toi, l'horreur de devoir faire 11 ans plus tard ce geste aberrant, te fermer les yeux pour toujours.

Le Carnet du *Monde* ce matin-là voisinait avec un article médical rapportant que l'âge moyen à l'accouchement en France était de 29 ans et demi pour les blanches contre 25 ans chez les parturientes maghrébines et africaines.

A l'abri, petit, au chaud contre mon sein, avec Julius.

Je ne m'interrogeais pas sur le sentimentalisme de chaisière qui m'attachait à cet enfant et ce vieillard, ni sur les motivations de cette collection morbide. Les petits morceaux de papier faisaient office de Vanité. Ou de piqûres de rappel indispensables et superstitieuses en ces heures de préparatifs du mariage.

« Vous vous prenez pour Johnny Hallyday ? » nous demanda une vague copine de Gustave croisée un samedi matin aux Puces.

Après les salamalecs d'usage, la promeneuse crispa la bouche en cul-de-poule en apprenant que notre mariage était fixé au mois de juin. « Tu n'as pas entendu parler de Catherine parce que nous nous connaissons depuis trois mois. Oui, seulement, c'est vrai que c'est rapide ! Merci de nous faire part de tes préventions Maria ! A plus tard… »

Cette chère Maria pleine d'aigreur avait néanmoins mis le doigt sur ce que je redoutais, et surnommais pour moi-même « le syndrome Vil Coyote » : la brutale accélération des événements nous enchantait au point de nous donner envie de crier d'allégresse ; mais ce mouvement frénétique qui ne nous laissait pas une seconde de répit nous empêchait de voir qu'on pédalait dans le vide comme Vil Coyote dans les dessins animés de Chuck Jones.

Ce crétin de Coyote court sur l'éther et réalise son erreur au moment de tomber de haut.

Notre belle route en briques jaunes reposait sur des piliers d'air.

Si nous cessions d'avancer, la douce illusion s'évanouirait et adieu, Coyote.

J'eus la main heureuse ce matin-là, aux Puces. Je dénichai chez un brocanteur qui s'empiffrait de camembert un magnifique renard empaillé dans sa hauteur, tenant entre ses pattes de devant une tablette de chêne ; le bestiau souriait de toutes ses dents qu'il avait fort blanches, mon enfant.

Trois mètres plus loin, une tortue naturalisée au XIXe siècle changea de propriétaire en un instant. Lorsqu'on soulevait le dos du reptile, deux petites fioles carrées fermées par des bouchons en argent massif s'offraient au regard.

Des encriers pour l'encre sympathique ? supputa Gustave.

Des caches secrètes pour le poison, décidai-je.

(Souviens-toi, succube, de ton imbécile penchant pour le macabre, de tes poses, sur l'air de *« Vous me trouvez singulière ? Oh, oh, il n'est pas impossible qu'un petit fumet sorcier s'élève de ma fascinante personne, la-di-da »*.

Cette affectation, ce goût pour la noirceur, ce flirt poussé avec la stérilité…

Souviens-toi de Gustave au début, de son amour empressé, semblable à la queue d'un chien qui gifle l'air et manque de renverser un bibelot. Comprenait-il que tu le dévitalisais peu à peu ?)

Gustave rit, m'enlaça, et m'aida à transporter mon butin en se félicitant de la folie monomaniaque de sa future femme qui possédait maintenant trois renards, un crocodile, un tatou, une tortue, et un zèbre un peu frimeur. Le tout entassé dans 100 mètres carrés.

Pourquoi un warning aurait-il clignoté devant ses yeux ?

Un homme amoureux ne comprend rien, ne décrypte rien, n'aperçoit aucun des indices semés devant lui. Tous les matins, en se réveillant, il sourit au soleil et ferme les yeux.

5

> « Tu seras ou victime ou tyran. L'une
> ou l'autre alternative apporte une
> somme égale de malheurs dans la vie
> d'une femme. »
>
> Honoré de BALZAC.

Gustave rencontra mes parents l'avant-veille de notre mariage ; mon père arrivait de Hong-Kong où il enseignait l'Histoire et ma mère des Cyclades, où elle oubliait de faire son âge.

Hébétés par le voyage, troublés de se retrouver quinze ans après leur divorce, ils se réjouissaient néanmoins de ce mariage. Ma mère fit un compte rendu détaillé de leur coup de foudre.

Née en 1941 dans une famille de la petite noblesse parisienne fauchée, ma mère fut nommée Grace par sa grand-mère maternelle qui se serait bien vue Lady aux Indes et se consolait avec un prénom anglais.

A 18 ans, Grace de Belbœuf était une menteuse professionnelle. Elle disait «Oui mère» les yeux baissés en servant le high tea à des rombières desséchées et branlait deux heures plus tard un jeune turc de la future nouvelle vague cinématographique, un fils à papa qui rêvait de foutre le feu à la société, mais pas avant d'avoir recréé le Big Bang avec cette fille sensationnelle au prénom tellement hitchcocko-hawksien.

La liaison arriva aux oreilles des Belbœuf.
On ne marierait pas Grace vierge ?!
On était scandalisé !
On consulta en catastrophe NotreAbbé.
Qu'en dirait Lafamille les collaborateurs de Tonpère Nosamis ?
On la souffleta. Trop coriace pour la confession.
On lui interdit de revoir le godelureau. «Auteur, qu'est-ce que ça veut dire, ça n'est pas un métier ma petite fille. En plus, il serait israélite. Ton père et moi n'y reviendrons pas.»
On la claquemura dans l'appartement lugubre de la rue d'Andigné.

Hélas, ou tant mieux pour l'avenir de Grace, le cinéma était toute la vie du jeune réalisateur qui ne lutta pas beaucoup contre l'oukase familial.
Alarmée par l'apathie persistante de la jeune fille qui se rêvait en héroïne romantique et se fra-

cassait la tête à coups de bourbon et de valium, Belbœuf mère l'expédia à Megève chez les cousins Roffignac, «Ils sont m'as-tu-vu mais ils ont un chalet».

Voici pourquoi Grace qui était partie skier près des sapins dans l'espoir de s'égarer et d'être retrouvée morte par un berger au printemps pila un après-midi brouillardeux de mars 59 à côté d'une forme couchée sur la face de Rochebrune.

C'était un homme aux cheveux très courts et très noirs. Le visage dans la neige, ses bâtons éparpillés en étoile autour de lui.

Grace le fit rouler sur le dos, le secoua doucement, lui arrachant un gémissement; il n'y avait pas de sang ni de fracture apparente sur les jambes prises dans des fuseaux noirs. La jeune fille contempla les yeux bridés mi-clos, et les lèvres violacées.

Un esquimau? à Megève?

Grace n'avait jamais vu de blessé hormis dans les films noirs américains que son amant l'emmenait voir au cinéma Mac-Mahon. Elle se pencha en tremblant sur le visage livide et lui murmura «Où avez-vous mal» en extirpant de sa poche la flasque de bourbon à laquelle elle biberonnait comme l'aurait fait, selon elle, une épave

30

sophistiquée dans un psychodrame scénarisé par Tennessee Williams.

Elle inclina la tête de l'inconscient et fit couler l'alcool dans sa gorge, esquivant crachements et postillons ; le skieur n'était pas blessé, juste choqué et mort de fatigue.

Lorsqu'on est bien élevée, on le demeure en toutes circonstances : ma mère demanda à l'inconnu la permission de le prendre dans ses bras et de le frotter vigoureusement pour le réchauffer. Il acquiesça avec un pauvre sourire.

Le miraculé de l'Alpette et la rebelle de bonne famille mirent une heure pour redescendre au village et furent heureux pendant les vingt années suivantes.

Je suis née pendant une tempête de neige, il y a presque 35 ans.

6

«Calme en surface, il palme fort
en profondeur.»

Anonyme chinois.

Après avoir redemandé une fine, mon père désigna gentiment son ex-femme à Gustave et le prit à témoin avec cette voix que j'adorais (rythme stroboscopique, timbre métallique ayant pour moi la suavité du lait de coco).

«Vous voyez, Gustave, si Grace n'avait pas fondu pour un jaune d'œuf à la neige il y aura bientôt 40 ans, Kéké ne serait pas là. Vous avez tous les deux mes vœux de bonheur, mais soyez toujours prudents aux sports d'hiver.»

Mon vieux papa. *Wode baba.*

Paul Wu, chinois né en 1936 à Shanghai, beau comme un vietnamien.

Devait-il son prénom à l'amitié qui avait lié son grand-père paternel à Paul Claudel entre 1907 et 1909, époque où le Quai d'Orsay envoyait encore des poètes représenter la France ? Ou à Paul Zi, son ancêtre, un mandarin qui se convertit au catholicisme et fonda la communauté chrétienne de Zi ka Wei ? Personne n'en savait plus rien.

En 1937, pressentant l'invasion japonaise, et redoutant un déchaînement de persécutions contre les catholiques et les intellectuels, les Wu émigrèrent en France avec ce qu'il fallait d'or et de jade dans leurs malles pour adoucir l'exil. L'enfant-roitelet qui apprivoiserait ce satané *r*, typique de la prononciation française, en articulant *cirrrque, arrbres, rrutabagas*, deviendrait un historien renommé.

Paul Wu ne pouvait pas être plus étranger à l'univers de son saint-bernard au nez retroussé ; mais la jeune femme luttait contre les valeurs naphtalinées de son milieu depuis si longtemps qu'elle avait développé une soif de vivre hors du commun, qui voulait s'étancher avec des grands bruits de mandibules. Le plus violemment possible.

Grace de Belbœuf était prête pour le bout du monde.

Elle opposa un sourire nuageux et déjà chinois, aux hululements de la duègne qui criait au rapt, à la mésalliance et menaçait de déshériter sa fille.

« Mais vous êtes raides comme des passe-lacets, ma mère », lui rétorqua Grace et elle quitta pour toujours sa chambrette de jeune fille en emportant ses disques d'Aznavour et Miles Davis, quelques bouquins de Vian, J.D. Salinger et surtout Georges Bataille que son amant cinéaste lui lisait après l'amour, Oh « l'outrance du désir, la joie suppliciante »…

C'est ainsi que Paul Wu devint le chef et l'unique soldat de la tendre Armée de Libération de Grace.

Leur histoire mariait l'amour et la guérilla.

Je naquis trois ans plus tard. Hors mariage. Mon papa qui aimait les oiseaux comme souvent les Chinois, me surnomma Kéké en souvenir du Lourie de Livingstone, un piaf kee-keetant vert comme la laitue et punk avant l'heure avec sa coiffure à l'iroquoise, intronisé mascotte du couple lors d'un voyage au Kenya qu'ils effectuèrent sac à dos, en 62.

Le temps faisant et défaisant, mes parents se séparèrent en termes cordiaux à ma majorité.

Tandis que papa, sponsorisé par une fondation anglo-saxonne, se fixait à Hong Kong, à mon désespoir, ma mère s'occupa de moi jusqu'à mes 23 ans. Puis, tandis que je fêtais mon entrée dans la vie active et mon premier compagnon sérieux

(François Sarda, un ashkénaze de 30 ans mon aîné qui enseignait le cinéma à Censier et me donnait le sentiment d'être Mariel Hemingway dans le film *Manhattan*), Grace entama une deuxième vie au Kenya dans l'hôtellerie de brousse. Comme les grands égoïstes, elle avait besoin de rendre les gens heureux et s'y employait très bien.

Des dizaines de Castors Juniors en bermudas Old England firent la fortune de son lodge.

Dégoûtée par les embouteillages de Land Rovers et la violence politique kényane, elle ouvrit un hôtel dans les Cyclades, sur l'île de Santorin, où des centaines de proto-bobos payèrent le prix fort pour dormir dans des chambres spartiates blanchies à la chaux, sans téléviseur ni téléphone.

Ma mère avait définitivement attrapé le goût du large.

7

> « Vivre consiste à se préparer
> pour quelque chose qui n'arrive
> jamais. »

Y.B. YEATS.

Nous ne voulions pas nous marier à la Martinique ; nous ne souhaitions partager ce sanctuaire avec personne.

La location de demeure seigneuriale nous faisait hurler de rire.

La Côte d'Azur était un peu trop Johnny Hallyday.

On nous prêta une grande maison avec jardin sur les contreforts de Montmartre.

Cette journée a ressemblé au mariage d'une autre, à une répétition générale de pièce de fin d'année.

Je souriais à tout le monde, les pieds en dedans, les genoux collés, je rougissais aux compliments, tout en me demandant si ce mariage était une issue raisonnable à mes 34 ans, 40 partenaires copulatoires d'une nuit, 4 fiancés officiels, 2 joujoux sexuels inventifs, véritables Mac Gyver de la cabriole, qui me distrayèrent chacun un bon mois, et 3 nymphettes reines du guili-guili au lycée Condorcet — établissement que nous avions rebaptisé « Con-d'or-sucé », en mouflettes sadiennes que nous croyions être.

Amoureux et petites cochonnes (qui sont maintenant des épouses pleines de valeurs et d'enfants) auraient tous pu témoigner que j'étais une sale bête, sentimentale et nuisible, affreusement attachante mais incapable d'aimer sans détruire.

Ma mère eut le hoquet pendant de longues minutes. Je riais de la voir harcelée par un Italien qui la suppliait, couteau à la main, de le plonger dans un verre d'eau et de boire « d'oune trraite ou de faire le pouarrier ».

Mon père et un sénateur de gauche ferraillèrent à coups de citations maoïstes apocryphes « Sous sa douche l'homme chante, mais aux bains publics il réfléchit ».

Un acteur à la mode que je représentais (j'étais agent d'acteurs, agent de circulation des affects et des contrats, comme disait mon patron) imita sous les vivats un mafieux russe en boîte de nuit et reçut un phénoménal bourre-pif expédié par un peintre brésilien ivre mort qui croyait que le jeune acteur se payait sa tête.

Un copain de Gustave mandaté par l'O.N.U., l'Organisation des Nyctalopes Univalves, désamorça l'incident diplomatique.

Le faux Russe et le Brésilien se donnèrent bruyamment l'accolade comme des cosaques, firent des assauts de civilités sous les vivats. Puis ils tombèrent raides.

J'eus les larmes aux yeux quand s'éleva la voix d'un pianiste anglais qui déversait son humeur de pluie sur nos têtes dodelinantes :

> *Wishing you a bon voyage*
> *and a perfect trajectory*
> *I don't ever want to come down*
> *Circle like a tongue*
> *Around an ice-cream cone.*

Mes parents se regardèrent. Paul caressa la main de Grace puis fit le geste de parcourir la circonférence d'une planète à deux mains. Mission accomplie ? Je les aimais tant. Ils étaient aussi largués que moi.

La fête se termina à l'aube, mais nous nous étions éclipsés depuis longtemps : une chambre nous attendait au Regina, l'hôtel de notre première étreinte.

Jouissant du silence qui nous enveloppa et nous lava comme une eau-de-feuilles-vertes,

Monsieur et Madame Jourdain se laissèrent couler dans le sommeil, main dans la main…

Couchée en cuiller contre Gustave, je rêvais qu'un renard m'arrachait un œil et le dévorait.

Nous nous réveillâmes avec anxiété, intimidés l'un par l'autre, par la solennité des rituels qui venaient de nous lier.

Qui étions-nous ? Vivre trois mois collés comme des perruches ou des Inséparables suffisait donc à rapprocher deux étrangers ?

Qui était cette épouse tant désirée dont il n'avait ni besoin ni connaissance il y a si peu ?

Je l'aurais choisi, lui, contre tous les autres ?

« Comment puis-je être aussi conne et amoureuse ? » ai-je sifflé en postillonnant du dentifrice.

Nous ne nous reconnaissions pas.

Nous avons fait l'amour comme on arrête de boire, pour y voir plus clair.

Je me frottais à lui comme une Spontex, je voulais le mordre, le mordre jusqu'au sang et lui faire tant de bien qu'il m'étranglerait avec un sourire d'acier. Mes bras le broyaient pour étouffer la tristesse qui m'envahissait, je serrais les dents en secouant la tête, je fus sur lui, et tout d'un coup ça n'était plus assez. « C'est moi qui le remplis et le comble et le fais jouir mais moi, qui me remplit ? Qui me fera taire ? Qui me tuera en me faisant crever le ciel sous une poussée démente pour m'empêcher de meurtrir ? Qui fera taire ce vide qui crie et pleure en moi ? » scandait rageusement pour elle-même la toute nouvelle Madame Jourdain.

Plus tard, par-dessus la table du petit déjeuner, mon mari me raconta tout à trac une blague slave sur la différence entre un optimiste et un pessimiste : le premier croit que ça ne peut pas être pire, le second pense que si.

Moui.

Renversant du café sur les œufs au plat, Gustave me caressa la joue — il était le premier homme dont j'acceptais qu'il posât les mains sur mon visage — et s'écria « Mais arrête de faire cette tête ! Je t'aime, Kéké ! C'est normal de flipper un peu. Est-on sûr que l'homo sapiens sapiens est vraiment monogame monogame ? allez viens, femme… ».

Je vins, roulant les yeux dans tous les sens.

Je me rappelais un dialogue de film qui m'avait fait rire. Un jeune homme disait à une jolie fille « Allez viens, quoi, vite fait, mal fait, tu ne sentiras rien. Non, je blague… ».

J'ai bougé consciencieusement le bassin.

Je pensais à autre chose.

Sur la table, le café noyait les œufs au plat. On aurait dit l'îlet de la Martinique cerné par une marée noire.

8

> « Muette et toute de noir vêtue
> la femme se croit fort maligne… »
>
> NIETZSCHE.

Les hirondelles rasaient le sol de plus en plus nerveusement, les chats se planquaient et les hommes auraient dû les imiter car la lumière prenait une couleur d'ardoise. Le malheur commençait son travail de fermentation.

Qu'est-ce qui est fatal pour une femme comme moi ?

Croire que c'est acquis.

(Si j'avais pu consulter mon bon docteur J.E. Krupp[1] à ce stade avancé — J + 20 — de ma

---

1. En réalité, il n'était pas docteur en psychiatrie. Émile J. Krupp m'avait accostée deux ans auparavant, un matin, sur le palier de l'agence. Comment était-il rentré sans le code ? Je ne le sus jamais, mais il se présenta très aimablement, m'expliqua qu'il avait été un *crabe,* un *frimant* dans bien des productions cinématographiques des années 60, qu'il n'avait jamais percé, était

vie conjugale, j'aurais entendu le fauteuil Eames bourdonner «Ben mon vieux y a du pain sur la planche! Comme si quelque chose était acquis dans cette vie! Qui est à qui? Et quelle est la nature de ce ÇA, acquis par on ne sait qui? La barbe, quelle heure est-il déjà?»

Mais je ne pouvais qu'imaginer ses commentaires; un cancer foudroyant avait emporté mon psychanalyste l'hiver précédent, un an après le début de ma cure.)

Une fois mariés, Gu et moi ne nous sommes pas installés ensemble : il fallait d'abord trouver un biotope suffisamment spacieux pour un homme, son bureau, sa femme, le bureau d'icelle ainsi que ses chaussures, et son chat.

Je cherchais donc l'appartement idéal du côté de Port-Royal.

Ne pas trouver, ne jamais trouver, seulement chasser : cet état transitoire que d'autres auraient jugé épuisant me convenait.

Gustave souffrait de la situation et s'étonnait de mes allées et venues réjouies entre nos deux

---

donc retourné à son métier de libraire, mais que sur la fin de sa vie il souhaitait retrouver les caméras. Gloria Swanson dans *Sunset Boulevard* avec le physique d'Harpo Marx… Je le dissuadai vite de s'accrocher à cette chimère, nous nous revîmes, il était extravagant, assez drôle, et de fil en aiguille, l'ancien libraire devint une écoute, bienveillante et paternelle.

domiciles. « Dis donc, chérie, tu n'as pas hâte qu'on s'installe ? » râla-t-il un matin alors que je partais me changer chez moi avant un rendez-vous.

« Me fixer c'est la fin.
Me poser c'est la mort.
J'ai besoin de rayonner vers tous les possibles.
J'ai besoin de séduire chaque regard et d'embrasser qui veut de moi.
Et pourtant je t'aime et j'ai besoin de toi.
Gu, si tu savais ce qui m'anime ! »
ne lui répondis-je pas.

Ce soir-là, je me suis rachetée avec un cadeau bien au-dessus de mes moyens. Je lui ai offert un sein, une nourrice odorante, des pommes-roses, des pistils gonflés jaillissant de fleurs violacées comme des sexes : toutes les sensations d'une enfance martiniquaise cristallisées dans quelques poèmes écrits en 1907 par Saint-John Perse. *Éloges* en édition originale. La peau des fesses, la moindre des choses. Au moment où Gustave m'a embrassée, je me suis raidie : je venais de composer malgré moi l'anagramme d'éloge.

Geôle. Sans l'accent.

Le docteur Krupp aurait apprécié.

9

«La femme est le seul sujet, voilà
pourquoi l'homme reste un objet.»

Patrick BESSON.

«Ma petite rate, tu es méconnaissable!» s'exclama ma mère un soir d'avril, à l'issue du dîner des Noces d'huîtres, dans notre appartement tout neuf.

Timide euphémisme… UneparfaiteEpouse AuxPetitsSoinsToujourssourireJamaisrâler, une sprinteuse du conjugal, Généralissime de la vie domestique se retenant de faire pipi d'excitation autour de Gustave lorsqu'il ouvrait la porte le soir, Shiva ménagère organisant chaque mois depuis l'été une surprise commémorant la date des épousailles.

Noces de duvet, de plâtre, de mollusques, de galuchat, de brebis, de bronze, d'eau douce… Nous avions fêté ces dernières au Grand Hôtel Serbelloni, sur le lac de Côme.

Sur place, Gustave me rapporta un aristocratique ragot :

« Figure-toi Monamour qu'au XVIe siècle, ici même, la nièce du pape Grégoire XIV jetait ses amants usagés dans le lac ! »

Museau chafouin de Monamour…

Très vite, ce rituel infantile des Noces mensuelles me lassa et je le fis disparaître en douceur. Gustave eut l'air de ne rien remarquer.

A J + 270, j'étais une jeune mariée manufacturant du bonheur, ne connaissant pas les R.T.T., baisant comme une majorette, en virtuose mais sans y penser.

Je retenais mon souffle.

Vint notre deuxième automne.

Je ne tenais pas en place mais ne me l'avouais pas.

Il m'arrivait de fixer longuement le ciel au crépuscule ; les étincelants coups de rasoir tracés par les avions me donnaient envie de me balancer par la fenêtre ou de m'enfuir à toutes jambes.

Je bouillonnais, je muais et devenais une sphère, une ogresse nourricière à laquelle une seule bouche et une seule pitance ne suffisaient plus.

J'étais un torrent.

Je suis sortie sans prévenir de mon lit et me suis déversée sur un autre homme.

Ce fut si inattendu que j'eus du mal à me suivre moi-même, comme une femme en proie à un dédoublement passager accélérerait le pas pour se poser la main sur l'épaule et se dirait :

«Ralentis un peu, où crois-tu aller comme ça?»

Le type n'était même pas beau mais il me regardait.

Il n'était pas non plus très désirable, mais lui me désirait.

J'ai roucoulé.

J'étais toute-puissante.

J'étais irrésistible.

J'étais la beauté et la gratuité du geste dont parlait Serge Gainsbourg lorsqu'il comparait la vie à un claquement de doigts entre le pouce et l'index d'un rocker.

Je revivais.

J'ai dit au type d'un ton très assuré :

«Vous savez, je ne suis pas libre…»

en lui montrant mon alliance de brillants.

Et puis j'ai compris que je venais de reproduire le geste du pêcheur qui attire le brochet avec un hameçon multicolore.

10

« *Parce que* Gustave t'aime et te respecte, tu couches avec un autre homme que tu méprises ? C'est la bonne syntaxe ? »

« Kéké ma chérie, reprit mon ami Ariel, on est dans la névrose de petite fille mal lavée ou dans le bovarysme aggravé ? »

A 71 ans, ce chercheur en éthologie était revenu d'à peu près tout, sauf de la littérature, des voyages et de la conversation. Quelques décennies de commerce sur le terrain avec les singes anthropoïdes, notamment les bonobos (*Le sourire du singe*, 1969, *Instinct et déclenchement*, 1975) l'avaient éloigné des hominiens, et rapproché des femmes.

Nous nous étions connus chez un ami commun, un vénérable éditeur roumain décédé depuis, dont la fille avait épousé Melvil, un de mes acteurs.

Nous nous racontions à peu près tout de nos vies, avions sauté la case charnelle pour faire tranquillement l'amitié, et en vrais cabots, adorions que les amis d'Ariel évoquent Pygmalion et Galatée.

Pour dissiper la mélancolie de cette soirée de Toussaint (J + 314) Ariel m'avait emmenée dîner dans une brasserie trop éclairée.

«Ben oui. Parce qu'il m'aime, je me sens augmentée, rassurée et je peux le tromper. Prendre cette confiance absolue et la transmettre à un autre que ma jouissance rend fou.

Je sais que ça ne ressemble à rien, ces vases communicants, enlever d'un côté pour donner de l'autre… Si Gustave me quittait ce type n'existerait plus dans la seconde. Tout ça me conduit droit au désastre mais… c'est plus fort que moi.

— Comment veux-tu que les hommes d'aujourd'hui s'en sortent face à des spécimens pareils?» soupira le spécialiste des bonobos entre deux belons.

— Le pire, c'est que je disperse des cailloux blancs dans la forêt. Je sème des indices pour que Gustave me surprenne la main dans le sac et me dise *Je t'aime quoi que tu me fasses.* Qu'est-ce que ça fait de moi, Ariel? Une andouille qui cherche le Non du père? C'est grotesque», conclus-je avec un sourire entortillé.

Ariel me força à finir la sole grillée :

« Mange au moins les arêtes ! »

puis m'enjoignit

a) de préserver Gustave

b) de ranger les cailloux

c) de quitter l'autre avant que la situation ne m'explose au visage.

En rentrant de ce dîner, j'éprouvais l'intense satisfaction du tricheur pathologique qui a terrassé la démangeaison familiale pour un soir et se croit redevenu vertueux : pour la première fois depuis le début de mon aventure, un dîner amical ne faisait pas office d'alibi et je pouvais me coucher le cœur propre.

Ne pas avoir besoin de mentir me sembla si exaltant que je fis un serment à Gustave qui dormait déjà et n'en connut jamais la teneur : demain je mettrais fin à cette relation superflue qui me procurait un plaisir physique monstrueux.

J'en avais marre de mentir. Ça me rendait sourde. Vous avez remarqué que les menteurs sont souvent de grands sourds ? Toujours en train de dire « *pardon ?* » « *hein ?* » « *comment ?* » la tête inclinée, invitant leur interlocuteur à répéter sa question pendant qu'ils inventent à toute allure un mensonge. Vous avez sûrement remarqué…

Le lendemain je téléphonais à l'Autre et je tranchais net, suivant à la lettre les méthodes utilisées par les blondes montées sur ressort dans les feuilletons américains de la télévision.

« Comment ai-je pu perdre la tête à ce point ? J'adore mon mari, je ne veux pas menacer mon mariage, tu dois m'aider en ne cherchant plus à me joindre, s'il te plaît fais ça pour moi… S'il te plaît ? Allô ? Allô ? ! »
Il a raccroché ! ! Salaud. Homme facile !

Le surlendemain, j'avais retrouvé toute ma tête, façon de parler. Je me suis toujours tout passé. Je n'ai jamais su me dire *Non* et je n'entends pas qu'un garçon le fasse à ma place.

Et c'est ainsi qu'une semaine plus tard mon amant et moi nous jetions l'un sur l'autre en Italie, à la faveur d'un tournage de film dont je représentais l'actrice principale.
En arrivant dans le hall de l'hôtel Pellicano, près de Rome, je ressentis une excitation enfantine mêlée de honte et d'appréhension, combustible idéal pour le désir criminel, et je me suis précipitée avec une avidité de sursitaire dans les bras de l'amant ravi de l'aubaine.

Mais si je lui bandais les yeux avec une paire de collants noirs, ce n'était pas pour me soustraire à son regard concupiscent et faire fantasmer ses doigts nicotinés ; je ne voulais tout simplement pas le voir, et le bandeau qui barrait le visage de l'Autre devint un écran sur lequel je fis apparaître le regard nonchalant d'un homme au teint mat aperçu dans l'après-midi au bord de la piscine.

J'appelai Gustave dix fois en trois jours pour vérifier qu'il était toujours aussi solidement attaché, et qu'il ne se doutait de rien.

Localisé, anesthésié à Paris.

J'étais comme un médecin s'épuisant à injecter des doses toujours plus massives dans un corps accoutumé. Un jour viendrait où l'anesthésique ne ferait plus d'effet, je le savais ; Gu finirait par se réveiller et ferait craquer les lanières qui l'entravaient mais cette certitude ne m'arrêtait pas.

Je voulais la pulpe sanguinolente, la désolation, la lacération de cette adoration totale, de cette confiance aveugle. Je cherchais à prouver que je ne méritais pas qu'on me regarde. Mon dû, c'était l'abandon, et l'obscurité, j'allais finir lyophilisée devant un feu de cheminée peint à l'huile à l'intérieur d'une maison de poupée de collection.

Et alors, Adieu la vie, Adieu l'amour. Qui voudrait aimer le mensonge incarné, la mort en culotte Petit Bateau, si jeune, si ferme, qui coupe l'homme à la racine, le sexe à la racine, la mort pleine de rancune et d'envie?

11

« Il est trop vrai que j'ai regardé la confiance
d'un œil lointain, méfiant : mais par Dieu,
ces écarts ont rajeuni mon cœur,
et de tristes essais m'ont bien montré
qu'en toi j'ai mon meilleur amour. »

SHAKESPEARE.

Je me languissais pourtant de Gustave.

J'aurais voulu dévaler à ses côtés les escaliers de pierre pour aller communier silencieusement face à la mer pâle du matin, sous un ciel de recommencement, dans les odeurs poisseuses de romarin.

Puis mijoter comme un morceau de pain d'épice sous un parasol.

Ou traverser la baie face au soleil couchant semblable à une balle de ping-pong remplie de grenadine.

Collecter avec lui toute cette bimbeloterie d'arrière-saison, ces fragments inoubliables qui seraient encapsulés au petit bonheur et reviendraient éclore en hiver, luisant d'une splendeur immatérielle, restitués par la mémoire qui ferait bien son boulot lorsqu'elle nous tuerait d'un effluve de romarin respiré en longeant le parterre d'un fleuriste parisien, et que nous sangloterions comme des veaux, tétanisés par la trace de la félicité révolue.

Suffit.

Quant à l'Autre... son existence dépendait exclusivement de celle de Gustave.

J'y voyais une loi de la mécanique des corps, aussi simple dans son exécution que mystérieuse dans ses causes.

(« Tu parles d'un mystère et boule de g(h)omme », aurait jappé le docteur Krupp, en tétant son fume-cigarette.)

L'Autre était un sexe-fétiche qui colonisait mon ventre, me perforait l'utérus, progressait sous mon plexus solaire et butait contre mon occiput.

Le sexe de l'Autre plantait toujours plus profond son drapeau de puissance étrangère sur une terre conquise d'avance.

Il finissait par se détacher du corps quinquagénaire pour acquérir une autonomie surnaturelle, me rappelant une gravure érotique de Félicien Rops où un pénis ailé et farceur se dérobait devant la main qui tentait de le saisir.

Pourtant j'étais gênée qu'il me transforme en femelle, en chatte obscène ondulant le cul en l'air. Je lui aurais bien mis la tête sous l'oreiller pour ne plus le voir, ni entendre son petit brame reconnaissant au moment où le monde entier implosait et tenait sur une pointe d'épingle étincelante.

(Je méprisais celui qui m'ensorcelait le bas-ventre, et aimais celui que je ne désirais plus : de quoi faire bondir Krupp exaspéré de perdre son temps avec «du fond de culotte rabâché ad nauseam par des insatisfaites qui m'emmerdent!» se serait-il égosillé avant de m'arracher du divan, manu militari.

Après la mort de Krupp, j'avais rêvé plusieurs fois qu'il me giflait à toute vitesse avec une main à laquelle manquait un doigt, ou qu'il me bourrait de coups de poing avant de me mettre à la porte.

Dans mon dernier cauchemar, six mois après sa disparition, je lisais un fait divers qui annonçait l'inculpation du docteur K. pour le meurtre par strangulation de deux prostituées mineures dont la fesse droite de l'une et la fesse gauche de l'autre étaient tatouées d'un «K». Le message «KK» avait déconcerté les enquêteurs.)

12

« Il faut que l'herbe pousse
et que les enfants meurent. »

Victor HUGO.

Je savais bien qui j'aimais.

Il me suffisait de m'imaginer avec Gustave
dans un avion, par exemple le Boeing 737 qui
nous avait transportés à Rome, l'Autre, moi,
et un groupe de vieux Chinois péteurs, badgés
comme des gamins dissipés.

Au début, il y aurait des petites turbulences
rigolotes qui feraient valser un gobelet de café ;
un trou d'air ferait hoqueter l'avion, les estomacs
se contracteraient, un enfant couinerait en ram-
pant à quatre pattes dans le couloir.

Et tout d'un coup, une atroce vibration traver-
serait la carlingue, accompagnée d'un son de
monstre marin à l'agonie, glaçant les cent trente
passagers zombifiés, coincés à 10 000 pieds au-
dessus du sol.

Des masques à oxygène chuteraient gracieusement du plafond comme une nuée de petits parachutistes en minijupes orange.

Les lumières s'éteindraient toutes en même temps, tandis que le sabir du commandant de bord tenterait de couvrir le brouhaha «Ladiz and gentelmen keep your calm…».

La cabine serait alors plongée dans un silence de chapelle ardente, cent trente respirations suspendues dans l'attente du miracle ou de l'impact fatal.

Je penserais à Jeremy Glick, ce passager du vol UA 93 Newark-San Francisco qui tenta le 11 septembre 2001 d'arrêter des terroristes avec un couteau à beurre, il l'avait dit en pleurant de rire à sa femme, au téléphone, juste avant de mourir, «on va essayer de les attaquer avec nos petits couteaux à beurre, tu te rends compte ?».

Je serrerais encore plus fort la main de Gustave. «Il est trempé, me dirais-je, il prend sur lui pour me rassurer, il est dingue…»

Je poserais mon front sur son épaule, et je n'aurais plus besoin de solliciter çà ou là un regard anonyme, espérant y trouver une réponse.

Car j'aurais cette réponse. «Gu, je vais mourir à tes côtés dans quelques secondes, tes yeux incrédules plongeront dans les miens et c'est tout ce qui m'importe, ce sera la fin de la séparation, en mourant avec toi je vais rentrer à la maison pour toujours. »

L'expérience est profitable.
Tentez-la.
Prenez l'avion.
Voyez si votre bien-aimé est vraiment la personne auprès de laquelle vous pourriez déféquer de peur, vous vider dans une odeur pestilentielle, et accueillir la mort avec calme.

Ne rechignez pas au prétexte du prix à payer. Deux billets aériens peuvent vous économiser dix ou vingt ans d'égarement.

13

« Le mensonge, un rêve pris sur le fait. »

Louis-Ferdinand CÉLINE.

Je ne pouvais pas vivre sans Gustave.

Pour l'empêcher de se rebiffer pendant ce trimestre de double vie, je l'endormais en le nourrissant.

Une perversion de l'instinct maternel qui ne me choquait pas. J'avais le chic pour faire le mal et transformer mon mari en Cocu n° 30, dit *Cocu à cataracte* selon le tableau analytique dressé par Charles Fourier au XIXe siècle.

Petits déjeuners livrés au lit, Messire, soupers tardifs après visite à l'Autre, ou brunchs dominicaux expédiés avant de partir goûter chez l'amant devenu Nathalie, Toshi, Ariel, Xin… Rien n'était trop dégueulasse et trop bon pour lui bourrer le mou.

Un cloisonnement minutieux était la condition impérative de cette organisation triangulaire.

Hormis Ariel et Nathalie, une amie qui se faisait plus cynique qu'elle n'était en me demandant des nouvelles de mon *double vit*, personne n'était au courant.

Gustave dépérissait à mesure que je le gavais.

Il se peau-de-chagrinait, riait moins, et son sexe avait désormais la taille d'un bolet ; ce qui ne l'empêchait pas de se pâmer à chaque fellation que je pratiquais avec d'autant plus d'enthousiasme que j'allais rentrer un peu tard ce soir-là, les yeux brillants.

Pour Gustave, ces fellations valaient des preuves d'amour, et compensaient mes états d'âme opaques.

Pour moi, plus rien n'avait de sens : à chaque pipe, j'avais le sentiment de donner le biberon à mon mari devenu un enfant à ma merci.

« ... Dors mon enfant chéri, gorgé de lait chaud, endors-toi, Maman va pouvoir vaquer, toute remplie de ta présence, Maman va se faire baiser, tout va bien, elle est là et tu es là, paisible, Maman revient vite... »

Dans l'Egypte antique, ainsi qu'en Grèce et à Rome sous Caligula, on honora activement la déesse Isis : elle avait ressuscité son époux et frère Osiris, victime d'un assassinat, en réunissant les morceaux de l'aimé puis en le ramenant à la vie avec une fellation. Le souffle vital passa par l'organe de reproduction et la mythologique pipe de secours fut le point de départ du culte isiaque.

Je rapprochai ce haut fait de notre vie de couple et compris que je suppliciais Gu avec des pipes létales.

Néanmoins la vie des dieux était une sitcom complexe à cette époque et Isis avait peut-être tué elle-même son frère et mari ?

Pour mieux le réparer, en infâme déesse-ex-machina.

— Oh, Anubis, tu connais la dernière ? Qui est la fée du bonheur ?
— Je donne ma langue à Bastet...
— La fée-llation !...

14

« Si loin que je me souvienne j'ai
fait rater exprès la chose qui m'était
réservée et que je chéris le plus. »

Pierre-Jean JOUVE.

Pour Noël, nous nous étions offert un voyage
en Finlande. Ce fut inouï : pendant l'interminable
nuit de l'hiver polaire, la neige et le ciel avaient
échangé leurs couleurs ; on s'étonnait de marcher
dans une neige noire, on regardait à minuit un
ciel luminescent. Une ampoule trempée dans un
verre de lait figurait la lune.

Nous avions l'impression d'évoluer dans un
négatif photographique grandeur nature ; c'était
peut-être la définition la plus juste et la plus triste
de ce qu'était devenue en quinze mois la belle
histoire d'amour des deux âmes sœurs.

Son négatif exact.

Le lendemain de notre retour de Finlande notre
couple explosa : une photo de 10 cm par 8, impri-

mée à 500 000 exemplaires dans le journal *Voici*, montrait un compositeur très connu et une certaine Catherine X. un peu floue, s'embrassant à pleine bouche dans un aéroport italien.

Le soir même, Gustave, qui avait dramatiquement rapetissé au point d'être de la taille d'un nourrisson qu'on range dans une boîte à chaussures, cracha :

« Tu m'as emmené en Finlande pour de subites noces d'Aquavit à la con ?

Finlande Terre-de-la-Fin, tu entends ? Toi qui aimes la sémantique et les symboles tu es servie ! Ordure ! Kéké, je t'ai aimée plus que ma vie et c'est ça le résultat ? Un vaudeville après dix mois d'un mariage que tu as voulu ! C'est bien toi qui étais bouleversée par cette connivence entre nous ? Elle est où, la connivence ? Aux objets trouvés de Fiumicino ?

— …

— Putain ! Je ne me laisserai pas massacrer une seconde de plus. Depuis deux mois je me disais que quelque chose clochait mais que ça ne pouvait pas être ÇA, et c'est ÇA ?? Détrompe-moi, ça te changera !

— …

— Tu m'as émasculé, tu m'as humilié mais Qu'est-ce que tu Nous as Fait Kéké ? ! !

— …

— Dehors,

Menteuse

Salope

Usine à Malheur. »

Au moment où le mot « malheur » atteint son but avec une impeccable précision balistique, ma tête ne dépassait plus du mur que d'un petit millimètre. Le reste de mon corps était déjà fiché à l'horizontale dans le béton.

15

« L'amour est aveugle mais le mariage
lui rend la vue. »

LICHTENBERG.

Il faut croire que j'attendais cette fin de non-
recevoir depuis longtemps car je demandais en
sanglotant, pas gênée (mais avec la conscience
aiguë que tout se jouait là, l'accomplissement
redouté du gâchis, la révélation de ma véritable
nature et l'amorce d'une libération qui me ren-
drait à ma solitude) je suppliais, que dis-je, j'im-
plorais mon mari de ne pas me renvoyer. « Je
t'aime malgré mes démons. Si je t'ai cassé en
deux, comme tu dis, laisse-moi te réparer Monamour. Je suis la seule qui puisse le faire. »

(Ici le regretté docteur Krupp aurait eu bien du
mal à réfréner un sifflement de vieille baudruche
hilare. « Non mais dis, cocotte, tu te prends pour
Dieu le Père, tu te vois à l'origine et au terme de
toutes choses ? C'est trop beau pour être vrai ! »)

Il fallait que Gustave me dise *Non* pour que j'aie envie de lui dire *Oui*.

Eh bien non c'est non, tous les enfants détraqués et les vampires narcissiques devraient le savoir.

A l'aube, le chat me réveilla en me sautant sur la tête. Je m'étais assoupie dans le bureau après une nuit de hurlements entrecoupés de questions incessantes, toujours les mêmes.

« Quand ? Combien de fois ? Depuis quand ? Comment pouvais-tu passer d'un lit à l'autre ? Qu'est-ce que je t'ai fait pour que tu me trompes après dix mois de mariage ?

— Je ne sais pas, Gu, je ne l'aime pas, j'ai été… submergée.

— Ça veut dire quoi submergée, Salope ?? Qu'est-ce que c'est que cette terminologie hydraulique à la con ? On baisait bien, on était heureux dans les bras l'un de l'autre, à moins que tu n'aies simulé depuis un an, et le premier vieux beau qui passe te met les hormones en vrille ? ! ?

— Même pas beau…

— Ta gueule ! Kéké, tu es complètement invertébrée, ou tu voulais juste épouser un pantin fou de toi pour assouvir ta haine des hommes ? C'est ta maman, ton papa, ou un très vilain tonton, le problème ? Tu vas m'exhumer un traumatisme de ton passé qui va me rendre très compréhensif, très compatissant, très con tout court ?

— Non, s'il te plaît, je…

— N'approche pas du lit ! »

Lorsque Gu jeta son alliance à l'autre bout du salon, en criant d'une voix blanche « Allez, fous le camp », les cendriers débordaient de cigarettes écrasées au bout de deux bouffées, et on devinait les tranchées creusées entre la cuisine et le salon par deux sinistrés qui avaient passé la nuit à se resservir en aquavit, en vodka, « Helsinki International Airport Tax Free shop welcomes you ! », en n'importe quoi d'alcoolisé pourvu que cela cognât et nous permît de poursuivre le grand massacre.

Avant de quitter la maison, je fis trois choses à pas de loup : une thermos de café noir que Gu trouverait à son réveil, un sac de voyage sommaire — pyjama, livret de famille, pile de polaroïds accumulés dans les premiers mois de notre idylle, herbe, bijoux, ordinateur portable — et un coup de téléphone à l'Autre pour annuler le rendez-vous du surlendemain et toute entrevue ultérieure.

(« Wooaahh, catapulté en Sibérie ! Evacué, sanibroyé ! Ça s'appelle de l'instrumentalisation ou je ne m'y connais pas ! » se serait poilé Krupp.)

J'aurais voulu que mon amant n'ait jamais existé, et d'ailleurs il s'effritait déjà sur le sol. Sans Gustave dans ma vie, il n'avait plus de raison d'être.

A bout, à jeun, les yeux cernés, une haleine à coucher les blés mûrs malgré le dentifrice et le café, frigorifiée, je me fis conduire à l'agence en taxi, croisai la femme de ménage sur le palier, regardai sans les comprendre les titres des quotidiens et réservai une chambre au Tim'Hôtel du quartier, en attendant
— mieux
— le pardon
— le déluge
— la rupture d'anévrisme.

300 francs la nuit, croissant industriel compris, alvéole de 10 m², draps en papier émeri : la Princesse au petit pois ferait bien de ne pas moufter.

Quant à Vil Coyote, il pressentait que sa chute serait interminable.

Le monde hésitait, les rues avaient l'air coupantes, je distinguais mal les passants pris dans une gelée grisâtre, à moins que ce ne soit un rideau de larmes mêlées de mascara.

La journée serait difficile et j'avais devant moi de longues nuits solitaires pour m'interroger sur deux ou trois anomalies : comment étais-je devenue ce Jivaro en talons aiguilles qui réduisait les hommes à l'impuissance ?

Pourquoi ne connaissais-je du sentiment que son suffixe : *ment* ?

En tricheuse accomplie, je savais que j'avais perdu. Une merde dans un corps soyeux voilà ce que j'étais, une merde si sèche et si dure que pas une mouche au monde n'aurait accepté de s'y poser…

J'aurais voulu être une flamme, folle d'un seul amour, une fille facilement satisfaite et non cette greluche fragmentée qui prenait ou achetait tout en deux exemplaires : les paires de chaussures, les pulls, les bougies parfumées, les hommes.

16

« Soyez réalistes, demandez l'impossible ! »

Anonyme français, 1968.

J'ai rêvé d'un petit garçon. Il me regardait par la fenêtre. Il était chez nous et moi j'étais en bas, à la rue.

Je me suis réveillée dans un petit matin d'abattoir.

Je voulais dormir encore, pour retrouver l'enfançon.

Et je pleurais après Gu, et je chantonnais comme une débile légère la Complainte de la Stérilité.

Gustave, mon Gustave, nous ne nommerons pas notre fils Aurélien.

Je ne te ferai pas remarquer comme ce prénom contient les promesses les plus douces, l'or et le lien, Aur-é-lien.

Nous ne jouerons pas avec lui à dada, à chat, à colin-maillard, aux petits soldats, aux petites voitures, «pas *oua*ture mon tout petit, *voi*-ture!» à la bataille navale, aux morpions, aux osselets, au Cluédo, nous ne dirons pas à ce petit salaud «maintenant on ne joue plus! Qu'est-ce que j'ai dit Aurélien?».

Nous ne redécouvrirons pas ensemble Laurel et Hardy, Mowgli, Tintin, Wallace et Gromit, Jacques et le haricot magique, obi-wan-Kenobi et la Princesse Mononoké. «Comme Kéké?

— Presque pareil, mon cœur, mais en japonais.»

L'enfant de nos entrailles ne demandera pas à son père ce que c'est que l'Intertoto.

Je n'aurai jamais l'occasion de les voir partir au match PSG-Marseille, grande silhouette petite silhouette, deux bâtons d'ADN trottinant côte à côte. Heureux, un peu honteux certes d'être si bien sans moi au stade, mais au retour ils se précipiteraient pour déposer leurs anecdotes à mes pieds comme un chien son os devant son maître.

Je ne ferai pas rire Aurélien en lui demandant après l'école des nouvelles des Atrides et des Putrides, du Magicien d'Os, de Maudit Bick, en lui faisant écouter «La maman des poissons» de Boby Lapointe, «Oui mon chéri un chanteur français du siècle dernier».

Je n'inhumerai pas en grande pompe un lapin nain diabétique mort d'overdose de Bounty, et des poissons rouges étouffés par leurs défécations.

Je n'aurai pas l'occasion de le faire admirer (1 mois), de le manger de baisers (6 mois), de le bercer (2 ans), de le fesser (6 ans), de le gâter (10 ans), de le tuer (14 ans), de le consoler (15 ans), de le laisser s'envoler (18 ans).

Je m'infligeais la morsure du regret sans relâche : je me prenais pour une amazone mais je n'étais qu'un cul-de-sac.

Cet enfant dont nous parlions si souvent au début avec Gustave, et puis moins, et puis plus du tout, cet enfant nous manquerait toujours.

17

« Il y a un principe bon qui a créé
l'ordre, la lumière, et l'homme ; il y a
un principe mauvais qui a créé le
chaos, les ténèbres et la femme. »

PYTHAGORE.

Je fus répudiée début janvier, au moment où la
France républicaine se goinfre de galettes des rois.

Cette année, pas de fève pour ma pomme.
Rien que des pépins.

J'achetai à la hâte des vêtements de rechange
et dormis cinq nuits à l'hôtel, malgré les protes-
tations de mon amie Nathalie.

Ariel avait deviné que j'étais tentée de me faire
disparaître à coups de balayette sous un tapis de
bain. Il fit parvenir à mon hôtel borgne une boîte
de tartelettes au chocolat accompagnée d'une
corbeille d'orchidées blanches à laquelle était
épinglé un gentil mot s'excusant de leur aspect
« marial ». Dopée au magnésium, j'acceptai de
l'accompagner au théâtre.

On vit *Andromaque*.

Il ne manquait plus que ça.

«Inconstant je l'aimais. Fidèle, qu'aurais-je fait?»

Oh Hermione ma fille, ma sœur, mon miroir inversé, pardonne-lui et je serai pardonnée.

Durant cette semaine comateuse, chaque fois que le téléphone portable sonnait, et que s'affichait la mention *NON IDENTIFIÉ*, je me crispais avant de répondre, priant pour que ce ne fût pas Gu. Le temps et surtout le silence apaiseraient peut-être sa rage. Une journée sans nouvelles signifiait qu'il n'avait pris aucune décision définitive.

Je vivais dans un état second, paralysée par l'angoisse; mon patron, qui était au parfum et s'en foutait affectueusement, me fit remarquer que je me tenais voûtée, la tête baissée en permanence. «J'attends le couperet de la Veuve», hasardai-je.

L'autre niquedouille hennit de joie : «Kéké bouge encore!»

Le couperet tomba le samedi soir. Gu téléphona.

Je sentis une coulée de mercure descendre le long de mon dos, regardai mes viscères pendouiller mollement à mes pieds, et entendis mon mari me demander de récupérer mes affaires.

«Ta ménagerie empaillée Ton chat Et surtout n'oublie pas ta sinistre maison de poupée Parce que la taxidermie La miniaturisation La réduction j'ai donné. Je me sens comme un clébard empaillé, Catherine. L'amour partagé est censé nous grandir Toi Tu m'as réduit à zéro Tu m'as zigouillé et laissé sur le carreau Je ne te le pardonnerai jamais.»

Juste avant de couper, dans un petit «plop» de bulle de sang qui éclate, il m'annonça avoir entamé une procédure de divorce aux torts partagés. «Puisque je suis responsable de m'être laissé envoûter par une imposture.»

Et sans me dire au revoir, il raccrocha.

Je me suis tassée sur une chaise, enroulant mécaniquement mon intestin grêle autour de mon doigt. Mes yeux, semblables à deux fenêtres d'une machine à sous détraquée, affichèrent le jack pot : deux têtes de mort.

«Tu aurais préféré continuer à vivre dans le simulacre?» me demanda Nathalie, ma copine antiquaire, folle amoureuse de son époux, tigresse comme une jalouse après quatorze ans de mariage (quel était son secret, de quelle substance inconnue de mes services était-elle constituée?). «Kéké, la situation était intenable pour toi entre les deux, et intenable avec seulement l'un des deux. Tu imagines ce que serait devenu Gustave si ça avait duré plus longtemps?»

… Mon homme…

Il se serait amenuisé à la taille d'une saucisse de cocktail. Je l'aurais pris délicatement entre les doigts, lui aurais donné un dernier baiser et je l'aurais englouti. Il se serait bien calé au fond de mon ventre, à droite de mes intestins, à l'emplacement exact de l'appendice où il aurait repris sa forme originelle de petit haricot blanc, jumeau retrouvé du minuscule haricot-fœtus qui me procurait, enfant, d'exquises douleurs iliaques que je taisais à mon père et ma mère car ce mal était la preuve que j'étais en vie, ce mal était mon jardin secret…

« Kéké, tu rêves ?

— …

— Viens, on a trop bu et tu es épuisée, Éric prendra la chambre d'amis, tu vas dormir avec moi, on se réchauffera les petons et si tu es très très gentille je te lécherai très très langoureusement pour te consoler…

— …

— Je plaisante, tu es irréductiblement hétéro. »

Son bonheur conjugal était solide mais Nathalie avait besoin de temps à autre de se ressourcer entre les jambes d'une femme. Elle ne se considérait pas bisexuelle, mais se contentait de prendre avec beaucoup de grâce et de franchise ce qui lui manquait : la jouissance en miroir, un agacement voluptueux lui rappelant certains gamahuchages adolescents avec une camarade de classe rousse à l'odeur forte.

Nathalie chinait discrètement dans des bars lesbiens — jamais deux fois le même — et elle annonçait systématiquement la couleur de l'éphémère à ses amies. Le sas se devait d'être rigoureusement étanche. Il l'était.

Posée sur le bord d'une fesse dans un meublé soi-disant luxueux loué à la semaine, j'ai tenté d'attendrir Gu. Avec un sachet de raviolis chinois et un petit mot : « Je voudrais être ravie-au-lit avec toi. »

J'ai tenté de l'émouvoir. Avec deux bouteilles d'Aloxe-Corton, « Je t'en prie Gu laisse-moi te faire un jambon-purée et parlons ».

J'ai tenté de l'acheter. Avec deux billets de train pour la Belgique et un livre sur Léon Spillaert, son peintre préféré, un grand anxieux hivernal et symboliste, dont les plus beaux tableaux étaient exposés au Musée Royal de Bruxelles.

Silence.

Alors je suis passée aux petites annonces quotidiennes dans *Libération*. Nous les lisions ensemble le matin, au café.

« Sais-tu combien il faut de psychanalystes pour changer une ampoule ? Parfois un seul suffit mais il faut qu'elle ait vraiment envie de changer. Eclaire-moi mon amour, aide-moi à changer pour toi je t'aime tant. Ton K.W. »

Ma pitoyable annonce parut à côté d'un message cinglant « Si tu continues à picoler comme un bourricot je retourne chez ma mère » (qui succédait à « Pascal si tu n'arrêtes pas de claquer ton fric dans les casinos je demande le divorce », j'avais envie de contacter la fille qui devait être une drôlesse, mais ce n'était pas le moment de se disperser).

J'en rédigeais tous les jours, au point que Nadia, l'employée qui s'occupait d'enregistrer les annonces par téléphone [1] avait fini par me reconnaître, et me lança un après-midi « Ben dites donc, vous devenez une très bonne cliente ! » ce qui m'arracha un gémissement.

Certains de nos amis progressivement avertis de la séparation avaient repéré les annonces et je détestais leur amusement gêné lorsqu'ils m'appelaient. Je mesurais cependant la part de théâtralisation qui entrait dans ma démarche et savais

---

1. 15 heures dernier carat pour une parution le lendemain. Tirage moyen de 225 000 exemplaires. Circulation non communiquée mais impact réel : mon voisin de sciences naturelles en 1979 à l'école bilingue me contacta dans ce même journal pour me proposer ses services de Darty du sexe, dépannage à toute heure pour camarade de dissection enchagrinée. Faire la maligne dans le journal n'est pas sans risque.

bien qu'il s'agissait de reconquérir Gustave aux yeux du monde.

D'où ma signature très reconnaissable, K.W., brandie comme une bannière.

18

«Nous avons souhaité une vie prodigieuse
Où les corps se penchaient comme des fleurs écloses
Nous avons tout raté : fin de partie morose ;
Je ramasse les débris d'une main trop nerveuse.»

Michel HOUELLEBECQ.

Ma mère débarqua alors à Paris, les valises pleines de cadeaux et le jabot tout gonflé de courroux. Téléphonant chez nous, elle venait d'apprendre que je n'y habitais plus. «Je sais que tu connais par cœur l'adage préféré de ton père, commença Grace. L'expérience est une lanterne accrochée dans notre dos qui n'éclaire que le chemin parcouru, tu connais la chanson confucéenne. Je n'ai pas de conseil à te donner mais vivre pleinement sa vie de femme peut s'accomplir sans bousiller les hommes, non ?»

Et après avoir écouté mes explications contrites, elle me colla une formidable torgnole.

Première et unique baffe de la mère à la fille, trop tardive pour avoir un réel effet pédagogique.

J'encaissai la claque, je pris maman dans mes bras et elle fondit en larmes.

Parce qu'elle se souvenait de sa propre mère, si revêche et bornée ?

Parce qu'elle avait 60 ans, l'âge où le collagène de la peau a définitivement déserté ?

Parce qu'elle avait peur de l'échec, le mien et le sien, peur de sentir la poussière et la mort, parce qu'elle ne voulait pas encore renoncer à une bouche fraîche sur ses seins affamés ?

Je lui ai demandé pardon, nous avons débouché une bouteille, puis une deuxième, et nous avons tututé jusqu'à l'heure où les Cendrillons modernes tombent sur un os : leur Prince Charmant devenu Marchand « trois coupettes en boîte contre un petit coup, c'est honnête, poulette ! » veut bien les ramener et les déshabiller, mais il n'y a soudain plus personne à l'heure de les rhabiller.

19

« C'est sur la peau de mon cœur
qu'on trouverait des rides. »

Henri CALET.

Gustave accepta de rencontrer ma mère et l'invita à dîner à la Closerie des Lilas.

Il s'annonça inflexible et le fut pendant la première heure. Ensuite, les Martini aidant, il se laissa aller à des confidences d'où il ressortait qu'il était toujours amoureux de cette ordure : moi, « Pardon Grace c'est votre fille, je m'emporte », mais qu'il était tombé de si haut, d'un petit nuage si paradisiaque qu'il voyait mal comment retrouver la confiance, la légèreté et l'innocence.

A travers l'antienne de l'homme blessé, Grace entendait aussi ce qu'il ne formulait pas :

« Je ne pense qu'à ça Je ne lui parlerais plus que de ça La bite de l'Autre en Elle Je la vois jour et nuit Ça me hante Ça m'habite c'est le cas de le dire Elle est plantée entre elle et moi pour l'éternité.»

Le serveur prit la commande.

Gu reprit son souffle :

«Grace, je suis trop tendre et votre fille trop dure pour moi.

— Gustave, vous savez que vous parlez comme un steak!

— Vous savez très bien ce que je veux dire. Je… J'ai l'impression d'avoir épousé un mec et je ne lui pardonne pas de m'avoir réduit à l'impuissance.

«Je ne parle pas du sexe mais de quelque chose d'essentiel qu'elle a retranché en allant chercher ailleurs; c'est clair, je ne l'ai pas comblée, elle me l'a fait payer… Eh bien moi, tenez, prenez mon olive, je ne veux pas vivre avec une comptable de la névrose. Ma mère, que j'adorais, a rendu mon père dingo. Elle avait beau être enjôleuse comme une chatte et s'attirer toutes les indulgences, elle couchait avec ses copains. Résultat : depuis 20 ans, il fait l'otarie sur son caillou en plein milieu de l'Atlantique. Je suis sûr que vous me comprenez, Grace. Je cherchais autre chose, une douceur, une véritable alliance. Kéké et moi allons divorcer, c'est dommage, j'aurais préféré qu'on grossisse les statistiques du taux de natalité mais tant pis. Je ne suis pas taillé pour ça…

— …

— Bon, je crois que je vous ennuie, permettez-moi de vous raccompagner.

— Mais pas du tout, c'est juste que… »

C'est juste que ma mère était sonnée.

Pour la deuxième soirée consécutive, Grace qui buvait en temps normal comme un chameau se coucha ivre morte.

Quant à moi, j'avais enfin des nouvelles de Gustave.

Il avait donc évoqué cette transaction invisible dont il fut la victime ; je lui aurais fait payer quelque chose de louche, et cette monnaie de guenon méphitique me procurait selon lui le seul vrai plaisir que tout autre échange, notamment sexuel, ne pouvait concurrencer.

Je n'étais pas étonnée par la résolution de mon mari, juste révoltée comme une toute petite fille qui n'en revient pas, après avoir tiré sur la corde comme une possédée, de tomber sur son cul, et que cela fasse affreusement mal.

Au bout de la corde, il y avait pourtant quelqu'un ?

Eh bien subitement, il n'y a plus personne.

Vil Coyote se frotte le derche, une sarabande de têtes de mort, de bougies et de cloches lui tournoyant autour du crâne.

Ça fait bien rire les petits et les cinéphiles sophistiqués revenus de toutes les âneries disneyoïdes. Quel *non sense* chez ce Chuck Jones !

Vil Coyote est un idiot prisonnier de ses réflexes conditionnés ; il recommencera à cavaler dans le vide, et c'est pour ça qu'on l'aime.

Moi j'étais censée être moins bête que Vil, mais j'étais également prisonnière d'un geôlier qui me contemplait tous les matins dans le miroir, avec ses yeux bridés.

Et c'est pour ça qu'un homme tentait de me désaimer. En lisant Ovide, en déchirant des dizaines de photos, et en comptant sur le temps qui passe, merci bien Léo Ferré.

Tandis que Grace essayait de trouver le sommeil, j'écoutais encore et encore des chansons tristes, « *Ah tu verras tu verras tout recommencera tu verras tu verras Mon sombre amour d'orange amère My funny Valentine Una lacrima sul viso Tous les garçons et les filles de mon âge Novocaïne for the soul Il n'y a pas d'amour heureux Je peux très bien me passer de toi,* etc. », à faire chauffer et fumer la platine.

On vit toujours le début de l'amour et son agonie en musique ; le reste du temps, on se contente des paroles. Puis ce sont les cris ou le silence, ce qui revient au même.

Cœur de vinyle n'avait pas sommeil.

20

« Où sont les femmes ?
Avec leurs rires pleins de la-a-armes ? »

Patrick JUVET.

D'autres nouvelles de Gustave me parvinrent. Quatre sacs-poubelle d'un beau bleu dur, fort résistants, avec poignées coulissantes, du 100 litres à vue de nez, le nanan du sac-poubelle.

Je les trouvai un matin posés comme des enfants abandonnés devant ma porte, ce qui faisait mauvais genre dans un immeuble de locations temporaires.

Si le média *est* le message, alors je ne pouvais que m'incliner devant sa limpidité : il est sept heures, Paris s'éveille, les balayeurs vont balayer, les éboueurs ébouer, les époux meurtris divorcer et les affaires de ma femme le plancher me débarrasser.

Ta-tsoin.

« C'est moche », me dis-je à haute voix, imitant Gustave lorsqu'il prononçait ces mots d'une voix de titi parisien.

C'est moche… Mon mari était souvent ironique avec les branchés *über* nonchalants, les fâcheux, les boursouflés du melon qui traînent dans le cinéma ; mais il était fondamentalement gentil, preuve de son intelligence.

Gentil, avec une dérogation spéciale le jour des sacs-poubelle.

Je pris un deuxième Aspégic. Ma tête était au bord d'exploser. La voix de Gu y résonnait en permanence, au point que je me faisais l'effet d'un poste de radio détraqué comme dans une nouvelle de John Cheever.

Depuis deux ou trois nuits, une nouvelle venue m'empêchait de dormir, la petite voix flûtée de mon dibbuk, Catherine Conscience, procureur et avocat général d'un procès qui n'en finirait jamais. « Ah ! L'instigatrice de ce désastre se plaint ? Elle veut peut-être qu'on lui récapitule ses méfaits, la Morue-couche-toi-là ? »

Sans façons.

Pas question cependant de chercher un successeur au docteur J.E. Krupp. Qu'est-ce qu'il m'aurait dit ?

« Moi Tarzan, Toi Jeanne d'Arc ? »

Je préférais gober tous les matins deux gélules vert et blanc de Prozac, malgré la mauvaise réputation de l'antidépresseur, et à cause de ses effets secondaires anorexigènes : le Prozac coupait l'appétit, c'est tout ce que je désirais. Je voulais des pieds de poulet de course, des mains noueuses de sorcière béninoise, des salières osseuses attachées à des épaules éthiopiennes.

Mince, puis maigre, concave, creusée, les côtes saillantes, le torse antilope comme disait Jean-Baptiste, mon copain photographe, je faisais enrager les vendeuses de prêt-à-porter «Ça bâille un peu à la taille, vous l'auriez en 36 ?», plaisir microscopique, mesquin, bien à mon image.

Au fond, j'espérais alarmer Gu lors de l'entrevue qui aurait inévitablement lieu à Check-Point Charlie, avec échange de courrier, gêne et sidération devant le visage familier devenu si vite celui d'un étranger, alors que six mois auparavant l'on baignait dans un placenta de miel et une transparence totale, on finissait les phrases de l'autre, on croyait ne faire qu'un.

Un homme qui aime encore un peu une femme peut-il la voir dépérir sans flancher ?

… Ma maigreur contre ta pitié

Mon corps vidé contre tes mains consolantes

Mon martyre en échange de ta mansuétude…

21

« Parmi les babouins du Serengeti, ceux qui s'en tirent le mieux sont ceux qui ont le meilleur réseau d'amitié et les liens sociaux les plus forts ; ceux qui tombent malades sont ceux qui s'inquiètent sans arrêt de ce que les autres pensent d'eux. »

Pr Ariel SZAFRAN,
Université de Stanford.

L'effet 36 fillette – 34 poucette fit au moins un heureux : le couturier qui m'habilla d'une coulée de dentelle noire pour les Césars.

Dressed to kill, et coiffée n'importe comment, j'accompagnais Isabelle, une des actrices vedettes de l'agence. Elle offrit une vision lewiscarrollienne ce soir-là aux caméras : le sourire du chat du Cheshire, tandis que la dinde enrubannée qui était plantée sur scène

« Hi hi Quel suspense »

annonçait

« Alors Heu le César de la meilleure actrice »

en faisant trépigner une salle exaspérée

«Hi hi faut que j'ouvre l'enveloppe Oh c'est bien collé Bon il est attribué à»

une conne.

Immobile dans le fauteuil de velours pourpre, le chat encaissa, cilla deux fois et se pencha pour me dire de cette fameuse voix distillant une ironie veloutée : «On peut dire que je suis chocolat…»

Le sang-froid à l'état pur.

J'aimais bien cette vieille enfant moqueuse qui avait de l'esprit pour toutes les autres actrices, ce phénomène capable d'être absolument invisible au rez-de-chaussée du Café de Flore, à l'heure de l'apéro.

Hormis Dominique Besnéhard qui avait toujours été un «pmère» pour ses acteurs, les agents ne devenaient pas forcément amis avec leurs clients : le lien était bien trop étroit et intéressé.

Mais Isabelle et moi avions de l'affection l'une pour l'autre et, en sortant de la cérémonie, elle me cita cette phrase de l'écrivain Michel Leiris qui était selon elle en relation avec le feuilleton Gustave : «Il y a une unité dans une vie et tout se ramène quoi qu'on fasse à une petite constellation de choses qu'on tend à reproduire sous des formes diverses, un nombre illimité de fois.»

«Aïe, c'est censé me rassurer?» croassai-je.

Nous décidâmes d'aller boire un verre de champagne au dîner officiel.

On s'achemina en lent troupeau vers une fausse mangeoire de luxe, les lauréats souriant patiemment en direction des flashes tandis que les perdants aiguillonnés par l'humiliation se déchaînaient, lançant vanne sur vanne pour ne pas pleurer comme des mal-aimés.

Les apparatchiks de l'organisation accueillirent et placèrent le troupeau. Le champagne coula à flots, ainsi que le rimmel sur les visages marqués par la joie carnassière ou l'amertume.

Chaque accolade recelait une vacherie.

Une réalisatrice arborant un faciès de hyène s'assit à côté d'un acteur bredouille qui avait repoussé ses avances sur un film ; la vengeance avait l'air de la faire jouir.

Un scénariste consolait son précédent producteur avec un Scud trempé dans du vinaigre pour mieux ronger la plaie : « Toi qui détestes faire l'unanimité, me dis pas que tu es déçu ! »

Moi, je faisais des ronds sur le bord de mon verre, des ronds parfaits sur la nappe, des ronds majestueux autour de la patinoire du rond-point des Champs-Elysées en 77, des ronds autour du mamelon de Gustave en 1999, des ronds avec un cerceau au Jardin des Plantes en 1975, cercles vicieux, à m'en taper la tête contre les murs.

Autour, ça dérouillait en tenue de grand soir. A toutes les tables, la crainte de ne pas être à la bonne. Lorsqu'une houle de rires s'élevait d'un groupe, les autres dîneurs tournaient tous la tête en même temps comme un parterre de pigeons, jaloux de ne pas être au centre de l'excitation.

Le secret de ces soirées, c'est qu'elles n'ont pas de centre ; ce sont des grands trous noirs qui absorbent la dignité de leurs participants.

A une heure du matin, l'ambiance devint franchement épaisse ; Isabelle avait fui.

Je me laissais enflirter par un réalisateur bourré de schnouf, tandis que les conversations tournaient autour du seul sujet capable de fédérer une assemblée aussi narcissique et compétitive : le cul.

Il y avait bien le sémillant retraité des *Cahiers du cinéma*, piqué comme un cure-dent sur la banquette mitoyenne, qui parlait à un jeune espoir féminin de «désir de cinéma», d'«acteurs jouant des personnages cherchant la voie de leur désir» mais l'heure n'était plus à la pensée désirante.

L'audience avait envie d'action.

La fin de soirée exsudait le stupre.

Je me demandai soudain si Gu dormait seul depuis trois semaines.

Je n'étais pas assez ronde pour m'en moquer.

J'eus la nausée.

Autant rentrer.

Mais pas avec le roi de la comédie sociale-joviale.

Bien trop gentil, bien trop vilain.

Envie de personne.

Juste d'être évaporée par un prestidigitateur boudiné qui moulinerait des bras : « Moi, Pino Magico, yé t'évaporre oune merrde houmaine en ouné ségonde ! ! ! »

Peux pas disparaître, un loyer à payer.

Et la moto-crotte municipale qui nettoie quotidiennement ma rue n'est pas équipée pour slurper deux litres de sang et du tartare de cervelle.

J'embrassai l'air autour d'une dizaine de visages rubiconds puis j'appelai un taxi et rentrai me coucher.

Mon appartement était dévasté. Le lit défait. Un étron trônait en son centre. Les monte-en-l'air étaient espiègles.

Je rendis mon dîner – qui le méritait –, m'affalai sur une chaise pour contempler le saccage, et appelai la police.

Tous mes bijoux, parmi lesquels ceux offerts par Gustave, avaient disparu.

Johnny était introuvable.

Une femme malhonnête se fait cambrioler, c'est à mourir de rire, me dis-je avant de replonger la tête dans la cuvette.

22

« Si la pierre tombe sur l'œuf, malheur
à l'œuf.
Si l'œuf tombe sur la pierre, malheur
à l'œuf. »

Anonyme chinois.

« J'arrive tout de suite », dit Gu et il raccrocha.
Ooh.
Je me suis écroulée par terre comme un pull.
Il était à peine 7 heures.

Endolorie après la nuit passée sur le canapé,
ensuquée de fatigue, je me fis un café qui me
réveilla comme un coup de sifflet.

Et je rappelai Gu pour lui donner l'adresse.
« Merci, je l'ai, ta mère me l'a laissée. »

En arrivant, il me serra dans ses bras avant de
me repousser doucement, puis il me fit répéter
les commentaires fatalistes des deux représen-
tants de la maison poulaga.

Nous sommes descendus de chez moi sans

un mot, nous sommes montés en voiture, nous avons longé des rues vides, et Gu a fait un énorme détour pour s'engager sur le périphérique comme s'il voulait prolonger ce moment suspendu jusqu'à ce que le défilement de la route devienne une fin en soi, l'habitacle automobile notre seule demeure, et le mouvement une proposition d'éternité.

C'était si simple que ça me donnait envie de chialer : un homme assis à côté d'une femme pas très humaine comme à la fin de ce film de science-fiction que nous aimions tant, *Blade Runner*, lorsque l'on espère que la voiture qui emmène Deckard et Rachel dans les éclats coruscants du matin avalera l'asphalte jusqu'à la fin des temps, même si l'on se doute que Rachel est condamnée à brève échéance, comme Deckard, car ils sont deux androïdes, deux répliquants en bout de course.

Nous sommes arrivés à Roissy, et j'ai eu mal en pensant que Gustave voulait adresser un adieu muet aux avions qu'on ne prendrait plus jamais ensemble.

A moins qu'il n'ait organisé un voyage de noces pour m'acheter des diamants en Afrique du Sud.

C'est ça fillette, rêve des genoux.

Je trouvais cet antipèlerinage cruel, emphatique et un peu pompier, mais pour rien au monde je ne serais descendue de la voiture.

Gu rentra à Paris et se gara devant notre ancien appartement.

Parler aurait filé ce charme fragile comme un bas nylon. Nous l'avons su dès les premiers gestes du désir, déboutonner le pantalon, les poignets de la chemise, les yeux dans les yeux, le visage de Gu indéchiffrable, juste ces paroles

« Tu es trop maigre ! »

C'est pas trop tôt, me dis-je. J'avais très envie de mon mari, de sentir sa longue langue de fourmilier rôder autour de mon sexe, de le sucer de le gober de n'en faire qu'une bouchée caoutchouteuse au goût d'amande amère,

« l'amour c'est du miam-miam » disait Krupp ce perroquet qui répétait la parole de son maître Lacan.

Gu était à reconquérir, il était de nouveau excitant.

Je tremblais de désir et d'angoisse,

je m'ouvris contre la bouche de Gu qui venait de me surprendre,

je pensai soudain à la truffe sous le museau humide du sanglier,

le groin qui cherche et frotte et fouille,

ce fut bon,

et puis Gu me pénétra.

Pas.

Il venait de s'interrompre pour me jeter :

« Comment veux-tu que je m'abandonne ? » avant de se diriger vers la salle de bains.

Une odeur aigrelette de marijuana arriva bientôt dans la chambre. Lorsque Gustave revint, il était blanc de rage. Et rhabillé. « Kéké, j'ai envie de te coller des coups ! N'aie pas peur, je ne le ferai pas, mais tu as fait de moi quelqu'un qui me fait horreur, un beauf qui ressasse, un sanguin en boucle. Je me fais penser à ces cocus pitoyables du cinéma français des années 40, ces humiliés prêts à se faire marcher sur la gueule par leur "petite reine"…

Je ne peux plus te toucher, je préfère me taper une pute, au moins les choses sont claires. Je ne te vois plus, tu es brouillée, va-t'en et débarrasse-moi de tout ton bordel. »

On se regarda.

Lui, deux phares de 1 000 watts à la place des yeux.

Moi, lapin épouvanté, sang gelé dans les artères.

Il fit encore tomber quelques crapauds variqueux de sa bouche avec un air de profonde commisération qui acheva de me lézarder :

« Comment veux-tu que je me laisse aller ou que je te fasse confiance. Tu es fidèle comme un hôtel de passe ! »

Et il me claqua la porte au nez.

23

« Ne désespérez pas. Faites infuser
davantage. »

Henri MICHAUX.

Comme de bien entendu, j'avais oublié ma
culotte au pied du lit en me rhabillant à la hâte :
une grande culotte de coton rose informe, une
culotte de gamine en colonie de vacances à
Belle-Ile-en-Mer, d'Allemande de l'Est bossant
en usine de pasteurisation du lait avant la chute
du mur, un truc de vieille fille montant au nombril et descendant facilement à mi-cuisse. Subir
cette séparation m'avait ôté toute envie d'être
séduisante ; j'aspirais à l'invisibilité.

Gustave enfouira-t-il son visage dans ma
culotte rose pour pleurer tout son soûl, ou s'en
servira-t-il pour astiquer ses Berluti marron
glacé avant d'aller dîner avec une pétasse en
string ?

Morne perspective.

Atroce dimanche de février.

Ciel d'ardoise. Crachin.

Sept degrés à 11 heures du matin.

Le vent qui pince comme un jars, les reins agacés par les petits doigts insidieux de l'humidité.

Le croisement Vavin-Raspail est désert.

Pas d'argent pour prendre un taxi, pas de portefeuille, il était resté chez moi, pas de téléphone portable, lui aussi emporté la veille par les cambrioleurs, pas de Gustave, pas d'humain en pantalon de jogging, traîné par un chien affairé.

Personne. Il n'y aura plus jamais personne.

Au secours.

A moi !

A moi…

(« Pouah, égocentrique en toutes circonstances », aurait ricané le docteur Krupp.)

Tiens, le cimetière du Montparnasse.

Enfin du monde.

Comme dirait E.T., *home !*

Quelqu'un aurait-il une corde, un revolver chargé, un T.G.V. lancé à 300 km/h, un lion affamé, des ovaires de poisson vénéneux japonais,

0,20 g d'arsenic ou des gyromitres[1] pour une fille qui pense ne pas pouvoir vivre très longtemps amputée de son amour ?

A votre bon cœur, Messieurs dames, pour soulager une créature qui ne sait que détruire et décevoir.

A votre bon cœur, pas comme le sien…

Tout en ruminant, j'arrivais rue Servandoni et sonnais au 9, espérant y trouver Ariel.

Il ouvrit la porte, me jaugea en silence, raffermit son sourire en dents de scie et partit me préparer du café noir, une vodka-pamplemousse, des muffins grillés au gouda.

Puis il appela l'ascenseur pour une très belle jeune femme vêtue de cuir qui venait de surgir du couloir et planta ses yeux bleu foncé dans les miens en me disant avec un épais accent russe « J'aimerais bien vous consoler ».

Ariel roula des yeux, je m'intéressai subitement à mes pieds, l'humanitaire péripatéticienne s'en alla en riant.

---

1. Contrairement à une croyance répandue, l'amanite phalloïde n'a pas le monopole du macchabée ; le gyromitre, avec sa forte toxicité nécessitant une transfusion, voire une exsanguino-transfusion, rivalise à l'aise avec la championne en titre. Quant à l'arsenic, et son cortège de nécrose rénale, encéphalopathie et polynévrite tardive, il a fait ses preuves.

« A ce point-là ? demandai-je les larmes aux yeux. Je pue le malheur à ce point-là ?

— Franchement, oui, répondit Ariel en me faisant signe de le suivre au salon. Kéké, reprit-il, voici un mois que tu pleures et que tu te mines. Tu me fais de la peine, chérie, je voudrais t'aider mais il faut absolument que tu t'arraches à l'emprise de la douleur pour pouvoir réfléchir à ce piège que tu as installé toi-même. Tu pousses Gustave à te quitter, mais tu ne peux pas vivre sans lui. Au fond, tu cherches un dominateur à ta merci.

— Ze veux qu'on me dise "oui" et "non" simultanément. Ze veux un maître-étalon qui m'en impose, qui tue la vermine en moi et me fasse naître à la docilité. Ze ne veux plus d'hommes féministes ! zézayai-je sous le coup de la fatigue et de la vodka-pamplemousse.

— Ma pauvre chérie, est-ce que tu réalises que personne ne peut accéder à cette demande ? On est en pleine contradiction ! »

(Là, le docteur Krupp aurait écumé de rage « Non, mais c'est qui, ce bobologue de Saint-Germain-des-Prés qui fait de la psychanalyse sauvage sur mon cas d'hystérique à tendance perverse narcissique ? Qu'il retourne à ses guenons bigames ! »)

Je me pris la tête dans les mains ; il n'y avait là-dedans rien que je ne sache déjà, mais le résumé d'Ariel me donnait le sentiment d'être minable et répertoriée. «Il faut que tu fasses quelque chose, Kéké, ou tu vas t'engager sur la voie des grandes solitudes. Choisir, renoncer, c'est vital pour évoluer. J'ai l'impression de parler comme un vieux con, mais le désir, c'est comme un enfant. On ne peut pas au moment de passer à table lui demander s'il veut du hachis, du poulet ou des corn-flakes. C'est le B.A. BA de la pédagogie. Si on lui laisse le choix, l'enfant est perdu et il fait n'importe quoi. Il faut canaliser ce petit, ça vaut aussi pour le désir…

— Mon vieux Dolto, je peux avoir du poulet, s'il te plaît?

— Fous-toi de moi, dit Ariel en allant chercher des sablés qu'il posa cérémonieusement devant moi. Tu n'as pas le choix, il n'y a pas de poulet. Mange.»

Je lui adressais un moignon de sourire entre les miettes. «J'ai deux invitations pour la générale de *Bérénice* demain soir. Je n'irai pas sans toi, Ariel.»

Mon vieil ami récita quelques vers

«Quels pleurs ai-je séchés?
Dans quels yeux satisfaits
Ai-je déjà goûté
le fruit de mes bienfaits?»

me mit un parapluie entre les pattes, et me prêta 200 francs pour le taxi.

Nous ne sommes pas allés voir *Bérénice* le lendemain.

En rentrant dans mon appartement dévasté, j'ai téléphoné à l'Abbé Bédé (ainsi surnommait-on Baudouin, le patron de l'agence, un grand homme au visage gris, d'apparence austère, qui était en réalité chaleureux à la façon des gens du Nord) et n'ai rien pu faire d'autre que balbutier «je coule» en sanglotant dans le combiné. «Qu'est-ce qui se passe?

— C'est le pompon, pendant les Césars il y eut un vol avec effraction chez moi, ce matin coup de pied au cul définitif de Gu, j'ai la gueule comme un champ de radis à cause d'une attaque de dermite séborrhéique… Je suis fatiguée, Baudouin…»

L'Abbé, que les sentiments terrorisaient mais qui n'avait jamais laissé quelqu'un, acteur ou collaborateur, dans la mouise, sauf s'il en était la cause directe, m'ordonna d'appeler le docteur Tranche, et de travailler quelques jours à la maison.

Le généraliste était bâti comme un rugbyman et il se déplaçait 6 jours sur 7 à la vitesse d'un livreur de pizzas.

Les acteurs n'attendent pas, et le médecin à roulettes était tout dévoué à ces spécimens.

« 8 de tension, 49 kilos tout habillée pour ?

— 1 mètre 67.

— Vous dormez bien ?

— Entre 2 heures et 5 heures du matin, comme une pierre tombale. Avant ça, je multiplie les ruses pour ne pas m'endormir parce que j'ai peur d'avoir une rupture d'anévrisme dans mon sommeil si je relâche ma vigilance. A 5 heures, je me réveille tellement épuisée que je ne peux plus me rendormir, et ainsi de suite depuis un mois et demi.

— Vous êtes sous traitement ?

— Je n'ai jamais touché à un somnifère de ma vie mais je prends du Prozac et du Xanax, et deux ou trois mesures de picrate le soir… Je sais…

— Non, vous ne savez pas. Si vous continuez à dépérir comme ça, c'est l'hôpital, la cure de sommeil et les perfusions de glucides ! Qu'est-ce qui vous est arrivé ?

— Trois fois rien… J'ai trompé, escouillé et démoli l'homme que j'aimais, vous vous souvenez de *La Putain respectueuse* de Sartre ? C'est un peu votre servante… je suis comme je suis, je suis faite pour plaire… et maintenant qu'il m'a débarquée, je n'ai plus envie de vivre…

— Vous n'exagérez pas un peu ? me dit-il en ôtant le capuchon de son stylo. Vous avez perdu votre victime préférée ? Tourmenter cet homme donnait un sens à votre vie ? Evidemment, c'est plus facile de détruire que d'aimer. »

Je fis une grimace.

« Dites, je peux vous louer à l'heure et m'allonger pour tenter d'y voir clair ? »

Tranche me délivra un sourire mielleux et un arrêt de travail d'une semaine.

En le raccompagnant, je crus voir du mépris dans le regard du médecin.

Je m'en voulais d'avoir déballé mon crime, mais le besoin de l'avouer avait été plus fort que la honte de l'avoir commis.

Il fallait qu'on sache quelle salope j'avais été. Au-delà de l'humiliation qu'il y avait à être démasquée, je devinais aussi une monstrueuse petite présence qui se poussait du col, cherchait à attirer la lumière sur elle : l'orgueil tordu et démesuré de Catherine Wu.

Salope, d'accord, mais unique.

24

« Je vis, je meurs ; je me brûle et me noie ;
J'ai chaud extrême en endurant froidure
La vie m'est et trop molle et trop dure ;
J'ai grands ennuis entremêlés de joie. »

Louise LABÉ.

Tranche parti, je rangeai le deux-pièces aussi vite que je pus. Il était 4 heures de l'après-midi. Commotionné par le cambriolage, Johnny me suivait partout en poussant des « mouak mouak » d'anxiété. « Plus un bijou. Plus une bague. Le bracelet Napoléon III à tête de chimère. L'alliance de Gu. C'est bien, c'est un signe, il faut tourner la page », radotais-je à voix haute en enfournant mes vêtements dans des valises.

Je ne croyais pas à ce que je disais.

J'avais décidé de repartir à l'hôtel, de faire durer le provisoire, de vivre comme l'oiseau sur la branche, mes économies dussent-elles y passer.

Je réservai une chambre tapissée de jaune au Terrass Hôtel, tout près de la rue Lepic où vivait ma copine Odile et ma filleule Irina, une gamine d'origine russe adoptée deux ans plus tôt par la jeune femme.

Nous avions fêté les 4 ans d'Irina en présence de Gu l'été précédent au restaurant du Terrass Hôtel. La gosse au visage blanc, meringué, riait à la Tour Eiffel scintillant dans la nuit, Gu me faisait du pied et Odile ne songeait même pas à se sentir exclue, elle nous souriait en nous regardant par en dessous, comme une Lauren Bacall qui attendrait son heure pour lancer à un inconnu sentant le cigare, la tourbe et le feu de cheminée « *You know how to whistle don't you ?* »

Encore un bon souvenir que je visiterais à loisir comme on se met la langue au creux d'une carie pour raviver la douleur.

Je déposai en début de soirée les clefs du meublé dans la boîte aux lettres et me rendis en taxi à Montmartre avec une escale rue Lepic pour y déposer Johnny.

J'en repartis avec le poisson rouge d'Irina qui prit pension près de la baignoire de la chambre 508.

La 508 qui donnait précisément sur le cimetière de Montmartre.

Le deuxième de la journée, après Montparnasse.

Parfait.

(« Mais oui, parfait ! aurait grondé J.E. Krupp. Elle a fait du grec, la métèque ? Elle doit savoir que "cimetière" vient de *koimêtêrion*, le "dortoir". C'est son sacerdoce de la semaine, ça-sert-d'os, ça sert de Vanité, une métonymie du cimetière. Elle est pas vernie la maniaco-dépressive ? »)

Je donnai ma nouvelle adresse à Ariel, lui demandai de m'excuser pour le lendemain soir, puis me déshabillai, pris une douche et me plantai devant le miroir en pied de la salle de bains.

« Regarde-toi, sale ortie.

Tes mollets poilus.

Ton absence de fesses.

Ta grande lèvre qui pendouille bizarrement.

Ta cage thoracique chétive comme une vannerie fabriquée en série, qu'on balance d'une pichenette dans le caniveau.

Tes seins qui rasent les murs, ce couple de sous-locataires honteux.

Ton cou court.

Tes bras trop longs.

Et ta gueule de fourbe !

Ta bouche trop rouge qui ressemble à un vagin frotté par une main impatiente.

Tes grands yeux, liquides, verdâtres, deux étangs glauques.

Tes sourcils fournis. On dirait une toison pubienne. Ou les sourcils de Brejnev.

Ta peau épaisse.

Tes gros pores ouverts.

Si on se penchait au bord de ces cratères en éruption, un magma gélatineux agresserait la vue et l'odorat.

D'ailleurs les explorateurs trop curieux ne respectant pas les consignes de sécurité tomberaient dans un coma profond après une seule inhalation, et si une malheureuse cordée venait à dégringoler au fond du trou, les corps seraient instantanément rongés par l'acide en fusion de tes humeurs assassines.

Un homme dans chaque pore.

Mort.

Gu t'accusait d'être un appartement témoin qui donne le change et dissimule sous la peinture fraîche ses fondations pourries.

Tu sens tes murs porteurs se fissurer ?

Les plâtres et les enduits suintent malgré le Révélation Fresco n° 01, la crème au zinc, la poudre micacée, le gel réducteur, le masque apaisant, le baume purifiant, l'émulsion mystifiante : ta sale peau de niakouée couleur banane n'endigue plus les remous de l'intérieur.

Faut que ça sorte.

Ton minable dedans se fraye un passage au-dehors.

Où va-t-on si ton blindage te lâche, si tout se brouille comme ton teint ? T'as vu tes boutons, verrue ? Tu es désignée par une acné tardive, grotesque.

Acnée pour emmerder le monde.»

Je refis le slogan d'une célèbre publicité pour des yaourts : «Ce qui fait du mal à l'intérieur se voit à l'extérieur», me rapprochai du miroir et pressai un bouton, espérant en faire sortir le lombric de haine et de douleur qui était enroulé depuis des siècles autour de mes lobes cervicaux. «Admirez Catherine Wu, contre-publicité ambulante pour tout investissement durable, un produit pas net, pas fiable, ça se voit à l'œil nu.»

Le miroir s'embua, je me fis disparaître.

Je dormis jusqu'au lendemain midi, demandai au bureau qu'on me fît parvenir la pile d'une vingtaine de scénarios qui étaient en souffrance depuis quinze jours, fis une immense promenade qui me mena en fin de journée sous les fenêtres de l'appartement de Gu, rentrai à l'hôtel, et me couchai tout habillée.

Je remis plusieurs jours de suite le même tee-shirt à manches longues dont je suçais les extrémités en luttant contre le sommeil pendant mes lectures de scenarii.

Je me lavais comme un chat.

Je sortais à la nuit tombée, errais à petits pas de la rue Lepic à la rue Norvins, et retour, laissant derrière moi la 508 inondée de lumière.

Je ne supportais pas de réintégrer une chambre obscure.

Les loups auraient surgi de derrière les rideaux ou de dessous le sommier, ils m'auraient déchiquetée et dévorée dans des grands claquements de mâchoire en commençant par l'entrejambe.

Je regardais passer les minutes pendant des heures, je devenais l'aiguille du réveil, j'y trouvais le grand repos, Gu n'était plus qu'un petit point lumineux pulsant par intermittence dans le velours illimité de Paris by night, ce magma offert à mon regard de touriste désorientée dans le plan de sa propre existence.

Je me faisais peur en me disant que j'aurais voulu que ça s'arrête, que tout s'arrête une bonne fois pour toutes, mais j'écoutais ma messagerie tous les soirs. Je me cramponnais à la vie comme une mauvaise herbe.

Je ne commandais que du mou au room-service, de l'informe : purée – confettis de jambon – bols de porridge – riz blanc – fromage blanc.

La gentille servante antillaise me tendait mon plateau avec des encouragements de diététicienne avertie : « Ché'ie, il faut p'endre des fo'ces et manger de la viande et des f'uits. Le 'iz, ça suffit pas ! »

Quand elle entrait en se dandinant, j'en avais les larmes aux yeux. Je repensais à l'Ilet rose et noir dans le soleil couchant et j'écrasais jusqu'au sang des bananes que j'aspirais bouche collée à l'assiette avec des grands chuintements de mendiante tendant une main polyarthritique sur le marché de Cholon.

Mon portable sonna une fois en pleine nuit ; Gu marmonna « Je voudrais parler à une cinglée… je m'ennuie d'elle » avant de raccrocher. Je le rappelai instantanément : sa ligne sonna dans le vide.

Alors je mangeais de l'enfance et me bourrais d'oubli. Je traînais ma fourchette sur les congères de purée, comme je faisais, petite, avec mes stylos pour entamer la blancheur immaculée du papier Clairefontaine velouté 90 g/m^2.

(Une fois la page dépucelée, souillée, je passais à la suivante et rien ne pouvait m'arrêter. Un trait suffisait. Hymen suivant. Ma mère n'en pouvait plus de renouveler mes cahiers à peine utilisés.)

Je m'acharnais sur le souvenir de Gu comme on se ronge les petites peaux autour d'un ongle. Depuis maintenant cinq jours que j'étais à l'hôtel, il n'avait toujours pas appelé. Je l'imaginais au lit dans une fille de rêve, ou participant à des bacchanales aux Chandelles, au Cléopâtre, au Baron.

Je m'écroulais et m'endormais convolutée, une couronne de chair, une boule grosse comme un poing, un œuf, puis plus rien.

25

« Certes, les charmes d'une personne
sont une cause moins fréquente d'amour
qu'une phrase du genre de celle-ci :
"Non, ce soir, je ne serai pas libre." »

Marcel PROUST.

Le matin, après avoir lu le journal et quelques
pages d'un scénario, je me postais à la fenêtre
comme un greffier dans une loge de concierge
pour observer une vieille dame en tailleur gris
qui trimbalait un grand sac en plastique et s'af-
fairait autour d'une tombe en face du mausolée
de Dalida.

La femme arrachait à croupetons les mau-
vaises herbes de ses deux jardinières, elle plantait et binait, époussetait les gravillons importuns,
tournoyait autour du quadrilatère dans une inces-
sante dépense d'énergie qui l'empêchait de s'allonger les bras en croix sur le marbre, prête à
hurler si les gardiens tentaient de l'arracher à son
lit de douleur.

Je me suis souvenu d'Hachiko, un célèbre chien japonais auquel la municipalité de Tokyo avait érigé une statue à la sortie de la gare de Shibuya, à la fin des années 30, en souvenir de la dévotion avec laquelle il attendit son maître *après* sa mort tous les soirs pendant 7 ans, à la sortie du train de Yokohama.

Langue réjouie, gueule ouverte, assis toujours au même endroit, modeste emblème de la fidélité, Hachiko ne vivait plus dans le même temps que ces voyageurs pressés qui coulaient quotidiennement autour de lui comme la rivière autour du rocher.

Faut-il être absolument chien !

Mais pas chienne.

Car j'en étais sûre : Hachiko était un mâle.

Avec les années, les longs poils blancs de son museau ont traîné dans sa gamelle et se sont mêlés aux particules alimentaires, constituant peu à peu une pelote qui lui déclencha une occlusion intestinale.

Le chien mourut sans s'en rendre compte, assis sur le quai. Une voix féminine étranglée d'émotion annonça au micro la mort d'Hachiko. L'annonce fut répercutée par des haut-parleurs dans toute la gare de Tokyo. Les gens se sont figés, on raconte qu'il y avait plus d'yeux rougis chez les hommes que chez les femmes. Pleuraient-ils sur un attachement qu'ils ne susciteraient jamais ?

Aimer comme un chien.

Aveuglément, indéfectiblement, éternellement.

Etre l'Argos d'Ulysse, le Toto de Dorothy, le Milou de Tintin, la Belle de Sébastien, la Kéké de Gu. Son Hachikotte, sa petite niakouée qui se blottit sur ses genoux quand il tape ses articles, qui dort au pied de son lit, l'attend derrière la porte, ne râle jamais s'il rentre *TRÈS* tard, n'a jamais la migraine, ou un dossier à finir, ou un amant à rejoindre quand il a subitement envie d'aller se promener en forêt de Rambouillet.

Une bonne petite chienne adorante, satisfaite avec des boulettes de viande et des caresses, prête à tout pour son humain : couiner pour l'avertir du danger, se prendre un coup de tatane, mourir pour le défendre, ne jamais lécher d'autre main que celle, sacrée, de l'élu, même si en cas de petit pipi étourdi, cette main vous administre une fessée tandis que l'orifice du haut émet des sons discordants.

Etre la gardienne du foyer qui n'aurait jamais l'idée de suivre un autre homme.

(« Tu parles, Charles ! Tu mordrais la main de ton maître chéri au bout de 6 mois, et tu cavalerais derrière le premier charmant venu, pourvu qu'il te dise que tu es la plus désirable des petites chiennes ! Typique d'une hystérique fixée sur l'épreuve de la castration, Léon ! » aurait glapi le docteur Krupp en mordillant le bout de son stylo.)

Enfilant à la hâte un manteau et un bonnet, je descendis voir si mon inconnue du cimetière était un chien.

Elle s'appelait Marcelle. «Comme la Marcelle Segal du courrier des lectrices de *Elle*.»

La référence n'était pas fortuite : ma Marcelle avait écrit il y a bien longtemps à Marcelle Segal pour lui raconter sa triste histoire et obtenir un peu de réconfort. Elle récolta un «pauvre idiote» typique de l'atrabilaire chroniqueuse.

Marcelle le chien habitait Clichy, elle y était née voici 65 ans et y mourrait sans doute. Elle venait quatre jours par semaine sur la tombe d'André, l'homme qui refusa de l'épouser.

André était boucher à Clichy. Sa femme était propriétaire des murs ; c'était son seul actif, l'engin était une harpie moustachue, haïssant la vie qui ne lui avait pas accordé son dû.

André était grand, troublant et un peu épais ; Marcelle le comparait au Gabin de *Pépé le Moko*.

Le boucher eut une grosse faiblesse pour Marcelle dès que celle-ci passa la porte de la boutique flambant neuve et lui demanda «un petit bifteck dans le filet s'il vous plaît, 100-120 grammes pas plus, je suis toute seule», mais il ne put renoncer au magasin donc à sa femme, ni à ses clients, ni au prestige que son expertise bonhomme lui conférait dans le quartier.

Tous les matins avant de partir à Rungis, André prenait deux cafés. Un chez lui, un autre en face. Celui de Marcelle était fade mais ses baisers avaient le goût de framboise.

Trois heures plus tard, André revenait se glisser dans les bras, les draps, et les espérances de Marcelle pour 40 minutes chronométrées, le camion frigorifique soigneusement garé dans une rue parallèle.

Il la manipulait comme si elle avait été en porcelaine. L'odeur du sang excitait Marcelle, André gémissait les yeux révulsés comme un jeune animal pris dans un piège à loup, elle soupirait en lui massant les cervicales, elle savait qu'il n'y en aurait pas d'autre après lui, il était son amant ensauvagé, son impossible compagnon, son grand, sa baraque, son seul amour.

Leur histoire s'interrompit dans un grand bruit de tôle. André eut un accident fatal en rentrant d'un abattoir de Normandie où il était parti acheter des carcasses de veaux élevés sous la mère.

Sa femme le fit inhumer au cimetière de Montmartre (chemin des Gardes, dans la 18ᵉ division, non loin de la famille Supplice), elle vendit la boucherie et mit les voiles pour le midi de la France. La veuve arpentait avec hésitation la promenade des Anglais à Nice, tout de même plus impressionnante que la rue Henri-Barbusse à Clichy, lorsqu'un gigolo l'aborda et lui fit le grand huit de la cour à l'ancienne. Il la pluma en 6 mois. La gérante de la mercerie mitoyenne de la boucherie se fit un plaisir de rapporter les malheurs de la veuve à la maîtresse.

Après le décès d'André, Marcelle resta cloîtrée tout l'hiver, tout le printemps, et une partie de l'été, se refusant à jeter les draps qui avaient accueilli le corps de son amant, incapable de se nourrir, encore moins de manger de la viande.

Elle devint anémique et fut grondée par le généraliste parisien qu'elle partit consulter en taxi, un luxe.

Retapée à coups de compléments vitaminés et de foie de veau qu'elle achetait sous cellophane au Prisu, Marcelle se rendit alors quatre matins par semaine «Et Dieu me garde, le plus longtemps possible» au cimetière de Montmartre pour causer à André, lui adresser de doux reproches, lui narrer le fil de ses jours entre géraniums, rosiers nains et chrysanthèmes.

Toujours le matin, en souvenir de leurs anciennes étreintes.

Cela durait depuis 15 ans.

«Je ne regrette rien, cet homme m'a regardée comme personne avant lui», conclut Marcelle devant une assiette de bleu d'Auvergne.

Je l'avais invitée à se réchauffer chez «Mr et

Mme Bichette», un petit bistrot patiné par la sueur du poêle, à l'est du cimetière.

Enfin nous nous séparâmes sur le trottoir, Marcelle serrant mes mains dans les siennes en chevrotant

«Ne vous en faites pas, mademoiselle».

Je la regardai disparaître à l'angle de la rue, puis revins chercher mon bonnet dans le restaurant et commandai malgré l'heure matinale un steak frites.

Je pleurai longtemps dans mes frites.

26

«Comme tout produit actif, ce médi-
cament peut, chez certaines per-
sonnes, entraîner des effets plus ou
moins gênants : nervosité, somno-
lence, maux de tête, insomnie, trem-
blements, confusion mentale, très
rarement apparition simultanée ou
pas d'un de ces symptômes tels que
diarrhée, tachycardie, fièvre, sueur
(…) voire coma. »

Laboratoire Lilly France,
notice du Prozac 20 mg.

Le dimanche soir, sans nouvelles de Gu et à la
veille de retourner au bureau — où je proposerais à l'Abbé Bédé de faire lire *Le baron perché* à
un producteur en lui susurrant comme un essaim
d'abeilles le nom d'un bel acteur timide aux cheveux argentés — je fis un rêve que je mis tout
d'abord sur le compte de la pleine lune.

J'étais dans un lit qui semblait flotter sur une moquette coquille d'œuf.

A mes côtés reposait une forme inconnue. Je devinais un corps menu. Un drap fixé aux montants du lit par une sangle transversale nous recouvrait tous deux. Tout en dormant, j'essayais de regarder l'inconnu pour l'identifier mais l'oreiller maintenait ma tête du mauvais côté.

L'aube vint, le drap était lourd comme un couvercle, j'avais chaud, de plus en plus chaud dans le ventre. Sans transition j'étais maintenant allongée sur le ventre dans une boue délicieusement tiède où je faisais aller et venir mes huit tétons, faute de doigts expérimentés. J'étais devenue une cochonne, une truie pâmée dans la fange, le corps agité de soubresauts, et je me demandais en jouissant si je n'avais pas l'air d'une grosse saucisse électrisée.

Toujours endormie, j'ai commencé à étouffer. Je me suis tortillée, fis sauter la sangle, et rabattis le drap.

J'étais maintenant toute seule dans le lit. La forme était couchée par terre.

J'ai regardé mon ventre. Puis sous mon ventre. Et ce que je vis ne m'étonna pas.

Posé sur mon pelage pubien, il y avait un sexe d'homme. Au repos. Mais indiscutablement à sa place. Et bien attaché au reste du corps. Pas une pièce rapportée : ma bite. Je me suis passé la main entre les jambes en pouffant comme quelqu'un qui aurait préparé une bonne blague : mon autre sexe n'avait pas bougé, le vagin était encore un peu humide. «Tiens, *un femme*», se dit la femme du rêve, moi, et je me suis réveillée.

J'ai détalé vers la salle de bains, les deux mains posées comme des algues sur mon bas-ventre. Et demandé au miroir si cette fille un peu verte de teint mais dotée de tous les attributs de la féminité — poils aux mollets, cheveux longs, seins à la coque, vagin denté — était bien Catherine dite Kéké Wu, épouse Jourdain, Sino-Française de 35 ans, seule comme un caillou, au bord du divorce comme d'autres sont au bord du gouffre.

(«*UN FEMME ! ! !* aurait piaulé Krupp en se frottant violemment les favoris. Mein Gott ! Was sagt die meshuge ? Un Femme ? In-fâme ? Wunderbar, fucking wunderbar !» Le praticien tourneboulé en aurait retrouvé des idiomes allemands mâtinés de son yiddish maternel et du new-yorkais de ses jeunes années. «Ça c'est une chute ! Le pénis dérobé au père réapparaît dans un fantasme d'hermaphrodisme ! Est-ce qu'elle sait la niakouée que seuls les vers de terre, les sangsues et les escargots, en bons hermaphrodites, n'ont besoin de personne ?»)

Non, elle ne savait plus grand-chose, sauf ceci : il était temps de prendre des mesures.

Je voulais me redresser, rompre avec la vie molle. Pactiser avec la protéine, dévorer de la viande rouge, des filets saignants, des côtes de bœuf ruisselantes. Remercier Ariel de sa patience et de ses envois cocasses[1] destinés à me remonter le moral. Rapatrier Johnny puisque l'hôtel l'acceptait. Le sujet Kéké voulait conjuguer au futur.

Madame future-ex Jourdain n'en pouvait plus de macérer dans son nombril, docteur Krupp, ça vous en bouche un coin, non ?

Non ?

(Mais… Ce ronflotement caractéristique qui laisse échapper des bouffées de vieille haleine parfumée à l'ail : mais… il dort !! Et… une larme perle à son œil droit ! Pourtant ce sourire de matou… Que ?… Mais il bande !)

J'étouffais et je voulais ouvrir à deux mains ma cage thoracique, exposer mes poumons encrassés

---

1. Le dernier en date était un bulletin de la Société des Sciences Neurologiques de San Diego qui reprenait les communications du docteur Daniel Langleben de l'université de Pennsylvanie et annonçait que la zone du mensonge serait localisée dans le lobe frontal du cerveau. Des expériences utilisant l'imagerie fonctionnelle par résonance magnétique effectuées sur 23 sujets montraient que le gyrus cingulaire antérieur et le gyrus frontal supérieur s'activaient furieusement au moment où les cobayes formulaient un mensonge.

Une molécule régulatrice du gyrus m'aiderait-elle à regagner les faveurs de Gu ? J'étais prête à faire cobaye vivant…

à la lumière glorieuse de ce matin de mars, comme le foie de Prométhée sur le Caucase, et me gorger d'un air nouveau.

Vêtue comme une Lapone grâce à Jacques Kessler, de Météo France, je filai à l'agence et, sitôt arrivée, demandai à l'Abbé Bédé les coordonnées du quatuor vocal « SOLEIL SONNE » dans lequel son filleul assouvissait une vocation de chanteur d'opérette.

J'allais offrir une sérénade à Gustave.

27

« Méfie-toi de ce que tu souhaites. »

Zacharias KUNUK.

Une vraie, à l'ancienne, avec ménestrels en pantalons bouffants qui lui chanteraient a cappella *Amour… Amour*, l'air de *Peau d'Ane*, *Ne me quitte pas* de Brel, *L'été indien* de Joe Dassin et *Parlez-moi de lui* de Nicole Croisille. Je voulais que ce chant des sirènes[1] le fasse plier et abdiquer.

Sans voir que je me comportais comme un général s'apprêtant à lancer une offensive déter-

---

1. Pourquoi la sirène fut-elle dénaturée par Hans Christian Andersen qui en fit une innocente créature ayant mal à la queue ? Dans le conte, lorsque la petite sirène quitte la sécurité amniotique de la mer et monte sur le rivage pour vivre et aimer à la façon des humains, elle ressent dans la partie méridionale de son anatomie une douleur insoutenable, comme si un poignard fendait sa queue en deux. C'est le signe qu'elle est devenue une femme. « Souffrir, pour gagner le droit de… souffrir ? Dieu me tripote ! Je repars à la flotte ! » dirait n'importe quelle Ondine sensée avant d'effectuer un plongeon définitif. Merci, Andersen !

minante dans la guerre psychologique qui l'oppose à son ennemi — son *ENNEMI !* — alors que Gustave me reprochait précisément d'être un mamelouk en jupons, ou une réincarnation de Minerve, née casquée et armée, sans réaliser que j'allais une fois de plus raviver son exaspération face aux aspects les plus autoritaires de ma personnalité, j'organisais la sérénade pour le samedi suivant, à 8 heures du matin.

Un quatuor bouffant débarqua en Twingo devant le 10 rue des Plantes à l'heure dite. Ses membres se déplièrent un à un. Des plumes teintes étaient fixées sur leurs grands chapeaux à la mode « François Ier », la satinette verte ou jaune de leurs blouses était assortie à celle de leurs pantalons de commedia dell'arte, et des souliers rebiqués à leurs extrémités parachevaient leurs drôles de silhouettes. On aurait dit deux petits pois et deux grains de maïs tombés d'une fourchette.

J'avais parlé par téléphone à la cheftaine de la formation qui avait demandé une petite rallonge pour apprendre mon répertoire « inhabituel », mais ne l'avais pas rencontrée. Nous étions excités comme des puces conspiratrices. Et intimidés : on aurait dit qu'une autorité supérieure allait nous conduire tous les cinq devant un autel. Une des deux chanteuses tenait un panier d'osier contenant une bouteille de champagne et deux flûtes ; je lui demandai de le ranger dans le coffre. L'issue de la sérénade était imprévisible.

En plus, je ne voulais pas entrer chez Gustave.

J'allais m'asseoir sur les marches entre deux étages ou me coller contre sa porte, tendre l'oreille et guetter sa réaction.

La réponse de mon mari fut parfaite : il rit dès qu'il eut ouvert la porte, et répondit « mais je vous en prie » aux trilles lui suggérant de les conduire dans le salon pour qu'ils y chan-an-an-te-e-ent et l'enchan-an-an-aaaantent…

Le deuxième son qui parvint à mes oreilles me cloua sur la moquette comme un papillon sur une planche de liège : il s'agissait d'un rire indiscuta-blement féminin, une saloperie de rire de gorge en cascade, sol-fa-mi-ré – do-do, typique de la fille sortie trop tôt de son lit (qui n'est pas *SON* lit), la fille trop cool décidée à prouver au mâle convoité qu'elle est incroyablement facile à vivre, qu'elle aura toujours cette bouche en forme d'anus gonflé, de bouée de sauvetage, d'O parfait, qu'un rien l'amuse et la rend très complice, très proche et si désirable, même sans maquillage, même les cheveux emmêlés, même si ce *rien* est le cœur éperdu de la femme de son nouvel amant, un cœur à côté de ses pompes, prêt à se donner en spectacle par le truchement de quatre bouffons.

AQuiAppartientCeRirePutain??? Ni à Louisa la femme de ménage — pas si tôt un samedi — ni à ma mère, repartie à Athènes.

Non, ces quelques décibels de sucre candi, je t'en foutrais du sucre et de la confiture de sperme dans notre lit, sortaient d'une femme qui avait consolé mon mari.

Et qui devait trouver très attachant cet homme pour lequel on miaulait «*l'ombre de ton ombre, l'ombre de ton chien*» à domicile.

La sérénade dura 20 minutes ; Gustave gloussa à nouveau, félicita gentiment les chanteurs mais je ne l'entendis pas poser de questions sur la mystérieuse identité de l'expéditeur. Il remercia le quatuor, le sparadrap nocturne renchérit, de quoi me mêlé-je, et la porte se referma sur les quatre légumineux qui me regardèrent avec pitié, arrivés à ma hauteur.

Quoi qu'ils aient pensé d'une situation à laquelle je ne les avais pas préparés, et pour cause, les artistes se turent. Il y eut seulement ce geste d'amitié de la fille au champagne qui me prit la main et me dit «Pendant Brel, il a eu les larmes aux yeux».

«Il savait que je savais qu'il savait», affirmais-je à Odile le soir même.

«Et je le vois d'ici faisant la roue comme un

paon devant cette fille qui s'endort avec Gustave et se réveille avec Don Juan !

— Il t'a appelée depuis ?

— Penses-tu ! Il doit bicher, bomber le torse…

— Et alors ? Il y a de quoi, non ? La Pomponnette se métamorphose en serpillière gorgée d'amour et de repentir. C'est une double revanche ! Il devait quand même se sentir misérable ce matin, avec une fille dans son lit…

— Notre. Lit. — … et une déclaration d'amour délivrée à domicile. J'en connais une qui aura fait long feu.

— Tu crois ?

— J'en suis certaine », mentit Odile.

(Hurlement de rire du Docteur Krupp. « Elle émascule son mari, le fait douter de lui, et elle s'étonne qu'il vérifie s'il bande encore ! Manque pas d'air, la Kéké ! Elle veut peut-être qu'il lui sacrifie son pénis, ne touche plus jamais un corps de femme et meure inconsolable ? Hein ? Elle ne répond pas, la thérapeutico-résistante ? ? »)

Voui.
Hélas.
I confess.

Trois fois oui.

Pour les trous béants que nous sommes, les preuves orales ne sont pas suffisantes : nous voulons un amour à notre merci.

Je te tiens, mon formidable esclave, dans la paume de ma main.

Nous aimons bien ranger cet emblématique morceau de cartilage dans une cachette insoupçonnable, pochette kangourou cousue sur la paroi intérieure de notre ventre, afin de le visiter à notre guise, de nous en repaître méthodiquement comme une tique suce un chien.

Il faut qu'on nous comprenne, nous autres les abîmes insatiables, les grandes Voraces : même si nous en venons à nous lasser du glorieux appendice pénien, il n'a pas le droit de servir ailleurs.

Il est à nous.

Et il est bien entendu que nous sommes irremplaçables.

Certains jours, nous envisageons de le conserver dans un bocal de formol, ou sous un cercueil de verre tel le Bel au bois dormant, mais la réalisation de ces natures mortes nous semble toujours insurmontable.

Il est vrai que nous nous sous-estimons. «Je ne vaux rien» revient souvent dans nos bouches roses. Lorsqu'on nous écrase les pieds par inadvertance, c'est nous qui bredouillons *pardon*.

Nous n'avons pas confiance en nous.

D'où notre prédilection pour ces trophées masculins. Momentanément, ils nous rassurent. S'ils nous sont si dévoués, les jolis, leur puissance magique déposée à nos pieds, c'est que nous le méritons un peu.

Cependant, un trophée doit savoir rester à sa place.

La place du mort.

Et ainsi, nous resterons vives.

28

« Bon Dieu, comme la vie est facile
quand elle est facile et qu'elle est ardue
quand elle est ardue ! »

Philip ROTH.

L'enveloppe que je déchirais distraitement le lendemain matin au bureau ne portait pas d'en-tête.

Pourtant, ce « Wu épouse Jourdain », sans virgule, m'immobilisant pour toujours dans le présent de nos épousailles, aurait dû m'alerter.

Un certain Maître Clément me faisait respectueusement savoir qu'il tenait à ma disposition certains papiers à signer afin que soit lancée la procédure de divorce, dont la première étape serait une « conciliation ».

Si on me demandait mon avis, il manquait à ce volapük administratif une émouvante petite syllabe, le « *ré* » de « réconciliation », mais personne ne semblait vouloir mon avis à ce moment précis. Surtout pas Gustave.

On y était donc. L'invraisemblable allait se produire.

Vil Coyote, K.-O. debout.

Tout ceci est un affreux malentendu ! Laissez-moi vous expliquer, réessayer, recommencer autrement ! La jeunesse n'est-elle pas un brouillon que l'on peut gommer à loisir pour retrouver la candeur des débuts et leur éblouissante innocence ? Dites-moi que le train ne vient pas de s'immobiliser brutalement contre le ballast, que les jeux ne sont pas faits, que je n'ai pas 35 ans, l'âge de Mozart à sa mort, Mozart !

Dites-moi que je rêve.

Dites-moi que je n'irai pas dans l'île de la Cité, convoquée par un acronyme qui swingue, le JAF, Juge aux Affaires Familiales…

Si, pourtant, et ce sera fulgurant comme une balle dum-dum. Nous avancerons sous des néons grésillants le long d'un couloir pisseux, trop chauffé en hiver, étouffant en été. L'avocat touillera bruyamment son café dans la salle d'attente, «Sans enfant et avec un régime de séparation de biens, ça va aller vite», nous dira-t-il. J'aurai envie de le tuer, Gustave sera indéchiffrable, plongé dans *Le Monde* du jour, 12 avril 2002.

Nous nous tiendrons bien devant le JAF, «oh, des gens charmants et civilisés, plutôt bien assortis d'ailleurs», nous nous séparerons à toute allure sur un petit «au revoir» étranglé, je me saoulerai ce soir-là et les suivants à la vodka, brave alcool, ami fidèle des oiseaux mazoutés, insoupçonnable dans l'haleine. Un verre, je serai détendue, deux verres, j'embrasserai les arbres, trois verres, je me foutrai de crever seule sous un ciel translucide.

Le temps passera, mon mari en instance de ne plus l'être continuera à écrire d'excellentes analyses que je lirai fébrilement dans les journaux en reniflant sur mon espresso matinal «Tout va bien, Monsieur Georges, juste un petit rhume tenace...», j'établirai d'autres contrats pour d'autres acteurs, et me ferai la réflexion que les agents et les tueurs emploient le même mot.

Je composerai un soir ou deux le code de Gu et me ventouserai à sa porte pour l'entendre vivre. Bon, un peu plus de deux soirs, vous pouvez ajouter une décimale ; une nuit le voisin du 6e me surprendra, j'aurai l'air fin, il me demandera avec l'air de ne pas vouloir entendre la réponse

«Que devenez-vous ?»

«J'hésite entre l'asile et la lobotomie», chuinterai-je. Sa gêne me fera honte, j'aurai envie de faire pipi, je n'oserai pas sonner à la porte de Gu, j'envisagerai pendant une seconde de déposer une ondée sur son paillasson mais je me retiendrai.

Je quitterai le Terrass Hôtel pour un rez-de-chaussée avec jardinet en location dans l'immeuble d'Ariel à Saint-Germain-des-Prés. J'y planterai comme une folle des thuyas, des camélias et des alarmes, je me traînerai au Festival de Cannes où la pluie tombera du premier au dernier jour ; je serai la seule avec les marchands de parapluies de la rue d'Antibes à m'en réjouir : pour les larmes, on n'y verra que du feu.

Un peu plus tard un homme marié me fera la cour, il ne pensera plus qu'à une chose « Vous faire sourire, vous faire du bien ». Je me dirai, pourquoi pas, je vais m'attacher comme un bâtard trouvé à la SPA, cet imbécile indécis me fera souffrir et un chagrin en chassera un autre.

Ça se passera exactement comme ça.

Gustave et Kéké Wu-épouse-Jourdain-plus-pour-longtemps se retrouveront au Palais en septembre 2002, le jour de la rentrée des classes, à l'heure où les Aurélien offrent un morceau de leur Prince Noir aux adorables petites emmerdeuses déjà insatisfaites qui leur réclament immédiatement la totalité de leur goûter. L'ascenseur de l'aile des Affaires Familiales sera toujours en panne, l'avocat essaiera de prendre un air dégagé, je lui devrai toujours ses honoraires, Gu sera en retard et il aura minci. Je me dirai « il a rencontré quelqu'un », lui me regardera avec curiosité, comme s'il voyait un fossile, ou une vieille photo de classe, et je comprendrai à ses yeux vides que c'est mort.

Je serai de l'histoire ancienne.

29

« Que faire ? Je m'assis, j'allumai une cigarette (d'une main, en tenant la boîte d'allumettes entre mes genoux) et laissant pendre de côté ma main où s'attachait mon cœur pour qu'il pût s'égoutter dans un seau, j'examinais la situation. »

Doris LESSING.

Mon mari n'a jamais jugé utile de me pardonner. Je suppose qu'il voulait juste aller de l'avant. Très vite. C'était bien parti : il avait déjà changé de voiture.

Le jour du divorce, je l'avais vu arriver boulevard du Palais au volant d'un suppositoire argenté roulant à la testostérone.

Une Audi TT flambant neuve. L'héritage vrombissait. De quoi combler la propriétaire du rire de gorge. J'étais malade de jalousie. Mais je savais au fond de moi que si Gu avait débarqué dans le bureau du JAF flanqué d'une escadrille de Gipsy Kings en habits de lumière pour me chanter « reviens à la maison, je te pardonne, je t'aime » sur l'air de *Jobi Joba*, j'aurais dit *oui* en me prosternant devant lui mais l'aurais trompé à nouveau six mois plus tard, parce que je ne tiens pas en place, parce que je ne suis pas à la hauteur, parce qu'il est excitant de les séduire et de les rendre fous.

Parce que la vie passe à la vitesse d'un claquement de doigts d'un yakusa tokyoïte ayant subi sans broncher l'ablation au couteau de son auriculaire et de son annulaire devant les membres pétrifiés de son gang.

Ou parce que… *it's my character*.

En quittant le Palais de Justice, je suis allée à la graineterie Vilmorin acheter deux oliviers puis j'ai commandé un taxi pour le « 3, quai de la *Mu*gisserie ». Le standardiste de la compagnie de taxis s'est tordu de rire en entendant mon lapsus. J'ai pleuré sans pouvoir m'arrêter.

L'automne 2002 fut adorable. Les allées du jardin du Luxembourg étaient pleines de gens en lunettes noires ; les cartables sautillaient devant mes fenêtres 4 fois par jour ; un petit garçon a joué à cache-cache avec un de ses camarades en se servant de moi comme d'un tronc d'arbre. Chêne ou saule pleureur ? Un cliquetis de couverts et d'assiettes s'élevait des terrasses de la rue Guisarde jusqu'à minuit passé ; les étudiantes et les vendeuses installées au café de la Mairie place Saint-Sulpice remuaient leurs orteils nacrés en éventail dans leurs sandalettes ; le dimanche, des milliards de couples étroitement tressés déambulaient dans les rues ; il ne manquait plus que des chaises longues devant le Flore.

En revanche, les salles de cinéma étaient vides ; et l'ambiance à l'agence, électrique.

Tous les matins mon peigne emportait des cheveux blancs. J'eus un ulcère. Johnny se rongea frénétiquement les griffes. Les pucerons mithridatisés par le Pokon tuèrent les rosiers du jardin. Je me demandais comment j'en étais arrivée là, à décevoir tout le monde, Gu, ma mère, Ariel, qui m'avait surnommée Antirésias depuis que je lui avais narré mon rêve mammifère, et me trouvait complaisante, Krupp qui ne se perchait plus en pontifiant sur mon épaule, l'Abbé Bédé, qui me reprochait d'être démotivée, le chat qui m'évitait. L'odeur du malheur…

Le roi de la comédie sociale-joviale croisé brièvement aux Césars téléphona deux fois pour m'inviter à déjeuner ; je lui assurai que ma compagnie serait morose et promis de rappeler avant Noël.

Ma première expérience avec un homme marié n'avait pas été probante : la frustration de ne pas le voir quand je le souhaitais m'avait à peine fait souffroter et nous avions gentiment dénoué notre absence de lien au bout de quelques semaines. Il était trop jeune, en plus il s'appelait Loïc, un pré-nom qui me faisait penser au cri du goret, et me propulsa hilare dans la salle de bains, une nuit qui fut notre dernière nuit.

Dépité, il laissa un message aigre sur mon répondeur en me traitant de « fille pareille à un disque sans rien gravé sur l'autre face ».

C'était bien vu mais ça n'était pas de lui.

Néanmoins, pourquoi laisser un petit échec de rien du tout anéantir de si bonnes résolutions ?

Objectif réaffirmé : oublier mon mari.

Moyen recherché : une monomanie de substitu-tion, une langueur obsédante, un état de manque si aigu que le souvenir de Gu deviendrait indolore.

Profil idéal : L'homme marié depuis au moins 10 ans. Marié-marié, mais si vite troublé.

L'Homo Conjugalus était une idée qui avait de l'avenir. Être éprise d'un homme pris m'ouvrait de vivifiantes perspectives [1]. Les tendrons de

---

1. Exploration de nouveaux quartiers riants — Denfert, Glacière, Cambronne — où les chances de croiser une tête connue seraient nulles, mortification à l'idée que l'amant honore fougueusement sa femme pour détourner les soupçons, identification avec de chouettes nouvelles héroïnes de récits gluants sur la passion femel-le : Madame Ernaux, Madame Chapsal, Madame de Mortsauf, Madame Bovary, Madame Karénine, Madame de Clèves, Madame d'A côté, Madame Chan de Hong Kong, et bien sûr Madame Mar-celle de Clichy. La vie Harlequin, quoi. Youpi.

l'agence s'étaient souvent réfugiés dans mes bras, pleurant sur leurs amours impossibles avec « Un type bien tu sais, il ne quitte pas sa femme parce qu'il a peur de la faire souffrir alors qu'il ne l'aime plus depuis longtemps… Si seulement il n'avait pas autant de principes ! »

Je savais bien que l'homme marié qui passe à l'acte est louche.

Traître à répétition. Salaud au carré. Dangereux.

Parfait.

J'avais besoin de ça. Je ne demandais qu'à succomber.

30

> « Que puis-je vous souhaiter de mieux qu'un
> petit instant de souffrance mon enfant, soupire
> la Fée Blackstick. »

William M. Thackeray.

J'ai succombé.
Ça alors !

Du tout cuit.
Blousée par l'humour, la prestance et la
blouse blanche du spécialiste qui diagnostiqua
mon ulcération gastro-duodénale aiguë, et pro-
nostiqua une revoyure autour d'une compote de
pommes dans un restaurant végétarien. Il plai-
santait, pour le restaurant végétarien. Après deux
semaines de badinage téléphonique au crépuscule — 18 h – 19 h, la tranche horaire des pré-
dateurs conjugalisés — et deux dîners où nous
regardâmes en riant notre émoi faire la toupie
sur la nappe, Nicolas Fils et moi avons doucement, doucement gémi, incrustés l'un dans

l'autre, nous embrassant et nous serrant jusqu'à retrouver la source de l'animalité. C'était en novembre.

Le professeur Fils me plaisait : il n'était vraiment pas libre.

Je me foutais bien des affres futures.

Je savais qu'après avoir aspiré le suc des premières étreintes, et leur musique nocturne « tu es miraculeuse », « tu m'aimeras un jour ? » — ces mots masqués qui signifient seulement « j'aime que tu me désires et que ce soit réciproque », mais qui réhydratent nos peaux, épaississent nos cheveux, mettent de la soie dans nos articulations — j'allais attendre la becquée, sans jamais rien réclamer.

C'était fait pour.

Je voulais bien tomber amoureuse, à condition d'en souffrir.

Maîtresse.

Tu parles. Maîtresse de rien. Je fus joueuse et mutine comme disent les vieux pervers.

Ne jamais peser. L'adultère est une question de masse autant que de sentiment.

Légère à hurler, je blaguais que « je pourrais ne plus... mais, non mon amour je plaisante, tu sais bien que je ne te hais point ».

Ah ah ah.

Rossignolades, rire qui écarte les jambes, intonations de peep-show au téléphone.

Avec ma voix je fis des cabrioles, des feux d'artifice, des triples saltos exténuants.

A force de le jouer je finirais bien par l'éprouver, ce cancer foudroyant de la possession amoureuse.

Et Gustave s'éloignerait…

Alors même si j'ai imploré Bell et ses mânes, même si j'ai dodeliné d'angoisse comme une grosse jacinthe pourrie trop lourde pour sa tige en me récitant le chapitre III de l'Ecclésiaste « Il y a temps pour naître et pour mourir, temps pour planter et pour arracher ce qui a été planté. Il y a temps pour embrasser et temps pour éloigner des embrassements. Il y a temps pour déchirer et pour rejoindre, temps pour se taire et temps pour parler », même si j'ai maudit l'emploi du temps surchargé et vagabond de Nicolas Fils, j'ai articulé *merci* car Gu s'est trouvé petit à petit délogé.

SDF, Sans Domicile-en-moi Fixe.

« Ahhh, qui dira la solitude des maîtresses et des amants ? » déclamais-je un soir de décembre à Nathalie et Madame Gigi en remplissant leurs verres de Duluc-Ducru 96. « Depuis que je vois Nicolas, j'ai les angoisses d'un orphelin biafrais adopté par une famille de l'Ouest parisien. Je tremble de toutes mes feuilles en me répétant que je ne mérite pas ça, qu'on va se raviser et me renvoyer au Biafra avec un aller simple…

— Et en soute ! » ironisa Madame Gigi en découvrant ses gencives couleur Malabar.

Cette amie, costumière de théâtre et écrivain pour enfants, avait été plaquée par son mari après 15 ans de vie commune ; il était tombé amoureux d'une lolitapineuse roumaine de 18 ans mesurant à peu près 2 mètres 12, une musaraigne efflanquée des Carpates qui le prenait pour le Messie et pour la clé d'une vie climatisée, chauffeur-de-maîtrisé, Cannes-Deauville-New York-Venise-Neuilly, Gucci-Prada-Fendi, une vie sans âme aux côtés d'un producteur installé.

L'épouse délaissée s'était ratée en tentant de se suicider aux suppositoires sédatifs. Depuis ces événements, Madame Gigi avait la peau dure et les yeux tristes mais sa production de bouquins pour les enfants n'avait jamais été aussi prolifique. Les aventures de Zoé l'orpheline et de sa chienne Gudule l'avaient rendue prospère. Elle pouvait désormais dire merde à son ex-mari et emmener ses loupiots faire du baudet dans les canyons du Colorado.

Madame Gigi était une ancienne élève de mon père à Sciences-Po. Je crois même qu'ils eurent une idylle au début des années 80.

«Le matin, continuais-je, j'écoute *La voix humaine* de Poulenc et je trille avec Felicity Lott devant la glace *Mon Dieu faites qu'il redemande Mon Dieu faites qu'il redemande Mon Dieu faites qu'il redemaaaande Mon Dieu*.

— Et? Sommes-nous exaucées?

— Hin hin. Pour le moment… Mais ce type m'a complètement maraboutée. Pourtant il est bâti comme un chien de prairie, vous savez, bajoues de basset artésien, ventre rondouillet, jambes taillées comme des allumettes. Mais il me plaît, je voudrais être sa pipe, son plaid, sa pédale de freins…

— Un médecin qui fume?

— C'est une image! Quoique. Malgré ses cinquante-huit ans, il lui arrive de prendre de la coke. Il en a saupoudré sa queue l'autre soir, vous m'auriez vue, une mésange picorant du millet frelaté sur un bâton de céréales! Il est dingue, c'est plutôt séduisant chez un homme de cet âge. Il me surnomme "Madame Ovary". Je ne dois pas être la première qu'il fait rire avec ce sobriquet. Je lui ai présenté Ariel Szafran, ils se connaissaient depuis 72. Moi en 72, j'apprenais à écrire en tirant la langue. Tandis que je refaisais mes couettes à table, ils parlaient d'immunologie, de la LCR et du bol alimentaire des singes gris de l'île d'Hokkaïdo qui vivent dans la neige par − 10°; le dîner était empreint d'une étrange plénitude. Ce Nicolas Fils est un sacré numéro. Je crois que je suis devenue gérontophile!…

— Quel âge déjà ?

— Cinquante-huit ans.

— Un poulet de printemps.

— Et Gu ?

— Gustave, rien. Je ne stationne plus sous ses fenêtres, j'ai rompu avec tous nos amis communs. Gustave mon sang, mon plasma, mon centre, ma vie… Vous vous souvenez ? Comme j'étais définitive ! Je continue sans lui, lui sans moi, et rien n'a été modifié dans le cours des choses. Mais il me manque.

— Dans les aéroports, lança Nathalie en allumant une Vogue, il y a des zones après la douane où les passagers ont momentanément un statut d'extra-territorialité. Tu te trouves là en ce moment. Dans un no man's land ; arrivée nulle part. Pas encore prête à partir quelque part.

— Profite, me dit Madame Gigi.

— Plus envie de mourir, mais pas encore envie de vivre. Ce doit être ça, être lasse… » leur dis-je en portant ma main à mon front avec grandiloquence.

« N'empêche. Nicolas Fils est le bon adjuvant. Il me tire-bouchonne le ventre dès qu'il approche ! »

Elles se sont marrées, l'air songeur.

« De toute façon, tu n'as jamais eu l'intention de te tuer, tu es bien trop douillette et avide ! »

Ce fut la conclusion de Madame Gigi, qui avait sans doute raison. Elle connaissait bien son sujet.

Le lendemain de cette conversation, j'attendis en vain le coup de téléphone vespéral du professeur Fils. Après avoir tourné en rond pendant trois jours sans nouvelles, je décidais de le quitter. «Mais comment lui dire que c'est terminé s'il n'appelle pas?»

«Continue, tu es sur la voie de la guérison!» rigola Nathalie avant de raccrocher. Quand les filles promettent d'appeler, elles s'exécutent, c'est la grande différence.

Le professeur Fils se manifesta enfin. Il avait passé le week-end chez sa mère. Non? Si!

Arracheur de dents.

M'en fous.

Le présent c'est tout ce qui compte.

Je me caresse les seins et les hanches en ronronnant, je me souris langoureusement dans la glace : il paraît qu'avec moi il revit (mais avec sa femme, il *vit,* pauvre cloche).

Il désire que nous passions la soirée ensemble. Je crois que je vais vomir d'émotion.

Quant au lendemain, je m'en tape. Là, tout de suite, j'ai 15 ans et les nerfs qui pétillent.

La manœuvre de diversion au sujet de Gustave est réussie au-delà de toutes mes espérances.

31

« Si vous voyez la lumière au bout du tunnel,
ne vous réjouissez pas trop vite :
c'est peut-être un train qui vous fonce dessus. »

Anonyme danois.

Tu parles d'une réussite. Je n'ai jamais revu le docteur Feelgood, et Gustave m'a percutée en voiture à 7 heures du soir alors que je courais vers un taxi pour rentrer me changer.

Une passante cria d'effroi.

Un balayeur s'évanouit.

L'Abbé Bédé qui avait quitté l'agence juste après moi fit une crise de tétanie en voyant les restes de sa collaboratrice chérie.

Il paraît que Gustave fut admirable de sang-froid, accueillant les secours, déclinant mon identité « Elle s'appelait Catherine Wu », offrant cigarettes et paroles de réconfort aux ambulanciers sans jamais cesser de tenir la main gantée de sa petite amie qui était profondément traumatisée par l'accident.

La pauvre.

Ses larmes et sa morve laisseraient des traces indélébiles sur ses gants de pécari.

Ses parents attendraient en gigotant nerveusement sous leur Bernard Buffet.

Le soufflé au crabe s'affaisserait.

Ils pouvaient bien tous s'agiter, moi je ne bougeais plus.

Je ressemblais à un jeu de Mikado.

Mes os avaient jailli hors de ma peau et s'étaient répandus en vrac sur la chaussée.

Toute la quincaillerie qui m'avait servi à enlacer ou détruire, les Radius Péronés Cubitus Tibias et autres Fémurs étaient hors d'usage.

Il paraît que sans Gustave, les gars du SAMU auraient eu le plus grand mal à m'identifier.

Toutes mes dents avaient sauté d'un coup, du jamais vu selon les médecins. Autre constat troublant, mon crâne faisait un drôle d'angle avec mon torse. A croire que j'étais en Silly Putty. A moins que je n'aie voulu fixer quelque chose dans l'axe de cette voiture, dussé-je m'en dévisser la tête.

Mon ancien mari aida la police à reconstituer les trajectoires de la piétonne étourdie et de sa voiture qui, elle, n'avait pas une égratignure.

Il emmena sa petite amie toujours choquée boire un remontant et s'allonger sur une banquette du café voisin. Les serveurs un peu vautours s'empressèrent autour d'elle.

«Elle est morte sur le coup? Vous avez tout vu, ma pauvre! Ben je comprends que vous soyez choquée! Heureusement que votre monsieur est là…» conclut le buraliste.

Votre monsieur fut décidément indispensable.

Et il cacha courageusement ses larmes.

Moi, j'étais soulagée : au plus profond de ma détresse, j'avais souvent rêvé de lire l'avis de décès de Gustave dans le Carnet du *Monde*.

Je me trouvais dégueulasse mais j'étais fatiguée de l'imaginer en aimer une autre.

Je croyais pouvoir supporter plus facilement le vide laissé par sa disparition physique que le poids de la honte et de la souffrance. Ça me lançait, ça se rappelait sans cesse à mon souvenir comme un poumon voilé.

(«Ah, c'est comme ça qu'elle nomme sa *conscience*, la niakouée subclaquante! Un poids! Un voile de goudron! On y vient, au surmoi!» aurait triomphé Krupp, de retour.)

D'un autre côté, même si Gu mourait, ces quelques semaines passées sans moi m'auraient torturée, bloc de mystère impossible à élucider. Alors, lui mort, moi aliénée, ou lui vivant, moi libérée (et débarrassée de ma toxique petite personne) ? C'était tout vu.

Le coup du lancer de Kéké contre l'Audi TT me faisait bien rire. C'était euphonique. Et radical.

. . . .

Ça n'est pas tout à fait vrai.
Personne n'a crié, sauf moi.
En plus, je n'aurais pas eu le temps de *les* voir, si je m'étais jetée contre leur voiture.

Ce fut moins spectaculaire.
J'étais plantée devant le feu de signalisation, à bayer aux corneilles en attendant que l'orange passe au rouge, lorsque l'Audi TT de mon ancien mari s'est immobilisée à ma hauteur, intersection rue de l'Université – avenue Rapp.

Le présent m'agresse, et quelque chose me saute au visage : le croisement des doigts de la main gauche d'une inconnue sur ceux de la main droite de Gustave agrippée au volant.

Je suis une mouche : les centaines de facettes de mes yeux enregistrent tout en une nanoseconde.

Je suis une femme : mon cortex saisit (anomalie sur le volant, une main plus fine que l'autre) analyse (donc deux individus) évalue (la main d'une forcenée en train de commettre un hold-up ne serait pas si caressante) s'interroge (c'est peut-être une séance de conduite accompagnée) réévalue (enfin, merde, il n'est pas moniteur d'auto-école) la situation en une fraction de seconde, avant de réclamer de l'aspirine, vite.

Et puis je remonte lentement en apnée jusqu'aux visages.

Pas une bonne idée.

A l'expression de tendresse infinie qui se lit sur les traits de Gustave se mêle quelque chose de plus subtil, que je ne lui avais jamais vu de mon temps : de la gratitude.

C'est ce qui me fait le plus mal. La jalousie n'est rien à côté du sentiment d'insuffisance qui m'empoigne ; j'avais su me faire aimer, sans réussir à susciter ce sourire-là. L'échec sur toute la ligne. C'est maintenant que Gustave doit me haïr vraiment : il peut comparer une femme qui donne à une saleté qui se contente de prendre. Une femme à un femme. Le choix est vite fait.

Il peut aussi mesurer le temps perdu à tenter d'apprivoiser un sécateur.

Je crois que nous ne serons jamais amis.

Il me voit au moment où il démarre. Le temps s'étire et se troue comme un vieux chewing-gum resté trop longtemps dans une bouche : je chute mais j'ai le temps de penser à la scène finale de *La route de Madison* où tout se joue entre Clint Eastwood et Meryl Streep ; le feu passe au vert, Francesca Johnson fait demi-tour vers sa ferme sous une pluie battante, Robert Kincaid regarde son pick-up truck s'éloigner, emportant le tout dernier lambeau d'espérance accroché à son pare-chocs arrière comme une ribambelle de casseroles à une voiture de jeunes mariés, il embraye et s'éloigne du comté de Madison, rien ne bouge sur son visage, pas un tressaillement, même infime, ne trahit que son cœur vient de se fendiller pour toujours.

. . . .

Un peu plus tard, je me suis péniblement hissée hors du trou de chewing-gum avec les gestes précautionneux d'un égoutier remontant pour de bon à la surface des choses.

32

« Natacha, aimer c'est souffrir. Pour éviter la souffrance il faut éviter d'aimer. Mais alors on souffre de ne pas aimer. Donc, aimer c'est souffrir, ne pas aimer c'est souffrir, souffrir, c'est souffrir. Etre heureux, c'est aimer, être heureux donc, c'est souffrir, mais souffrir vous rend malheureux, donc pour être malheureux il faut aimer, ou aimer pour souffrir, ou souffrir de trop de bonheur, j'espère que tu saisis. »

Woody ALLEN.

Du coup, j'avais envie de revoir *La route de Madison*. Je proposerais à Ariel de m'accompagner. Mêmes yeux bleus que Clint Eastwood. Même douceur. Même détachement. Ensuite nous irions dîner. Ariel commanderait pour moi. J'aurais toute confiance. Et peut-être organiserions-nous enfin ce fameux voyage au Botswana pour apercevoir, près d'une rivière, dans le petit matin doré, les lionnes rouler sur le dos après le coït. Depuis des siècles c'est ainsi qu'elles font descendre le sperme dans leurs ovaires. L'espèce doit se perpétuer. Les lionnes veulent vivre. La saison des amours est courte.

Je me sentirais bien, dans cette nature indifférente, près de l'os des choses. Les squames du passé se dissiperaient d'un coup de vent africain, Ariel ne me regarderait pas comme la dernière des dernières, il deviendrait mon tranquille horizon, les lionnes ne seraient plus les seules à se pâmer, un brave petit spermatozoïde humain expulsé de la queue de l'épididyme ferait son boulot, le monde s'arrêterait de tourner, Kéké Wu ne se contenterait pas d'un destin d'huître.

Ariel aurait peur de laisser un orphelin.

Moi, j'aurais peur de le perdre.

Je le chérirais.

Je serais gentille.

Si.

Gentille.

Et je m'oublierais.

Enfin.

. . . .

En arrivant à la maison, j'ai débranché le téléphone et fermé mon portable ; Nicolas Fils serait mieux avec sa femme.

J'ai attrapé un châle et je me suis assise dans le jardin. Johnny a rappliqué. Une fleur de camélia s'était ouverte. A Noël... J'irais la déposer devant la porte d'Ariel.

Je me suis étirée.

J'ai repensé à l'année écoulée, à ma vie désinvolte, à mon père et son bon sourire sur ses photos d'enfant et j'ai enfin affronté le regard de Gustave dans cette maudite bagnole : il avait glissé sur moi sans me voir.

Je n'existais plus pour lui.

D'un autre côté, je suis myope.

Je suis rentrée nourrir Johnny qui roucoulait contre ma jambe, j'ai rempli un verre d'eau, et j'ai commencé à trier mes somnifères.

Composition réalisée par Chesteroc Ltd

IMPRIMÉ EN ESPAGNE PAR LIBERDUPLEX
Barcelone
LIBRAIRIE GÉNÉRALE FRANÇAISE – 43, quai de Grenelle – 75015 Paris
Dépôt légal éditeur : 40850-02/2004
Édition 01

ISBN : 2-253-06813-6

◈ 30/3049/1